사람 사는 이야기

나뭇잎에
매달린 매미 소리

나뭇잎에 매달린 매미 소리

펴 낸 날 2025년 01월 23일

지 은 이 월암 이민식
펴 낸 이 이기성
기획편집 서해주, 이지희
표지디자인 서해주
책임마케팅 강보현, 김성욱
펴 낸 곳 도서출판 생각나눔
출판등록 제 2018-000288호
주 소 경기도 고양시 덕양구 청초로 66, 덕은리버워크 B동 1708호, 1709호
전 화 02-325-5100
팩 스 02-325-5101
홈페이지 www.생각나눔.kr
이 메 일 bookmain@think-book.com

• 책값은 표지 뒷면에 표기되어 있습니다.
ISBN 979-11-7048-823-1 (03810)

나뭇잎에 매달린 매미 소리

사람 사는 이야기

월암 이민식 시집

생각나눔

목 차

나는 바보다

눈꽃송이를 노란 물감에 물들여
뒤집어 매달아 놓은 듯한 요술을 부리며
잘난 채 멋 부리던
키위 꽃송이가 일주일을 버티더니
일주일이 임계점의 한계치인지
파산선고를 하고는 화려한 가면을 벗고
본모습으로 돌아온다
오늘 아침에는 화려한 공연이 끝난
공연 티켓같이 퇴색되고
시든 꽃잎이 간밤에 눈이 내린 듯이
수북이 쌓여 있고
지나가던 나그네 새 한 마리
가지에 올라앉아 꽃잎이 떨어진
이유를 묻는다
보이지도 만져지지도 않는
시간에 장사꾼 마술은
알고도 속고 모르고도 속는다
세월의 약 주머니에
온갖 물건 다 가지고 있다가
필요한 물건 빌려주고
이자까지 야무지게 받아간다

오늘도 세월에 사탕발림에 속아
욕심에 꼭두각시가 되어
죽는지도 사는지도 모르고
얼씨구나 좋다
절씨구나 좋다
너울춤을 훌러덩훌러덩 신명 나게 추는
나는 바보다

2024. 5. 21.

인과응보

우산을 쓰고 길을 걸어갈 때
우산에 튕겨 나아간 빗방울에
옷소매 나도 몰래 젖어들 듯
꿈길 속으로 젖어오는
빗물의 차가움처럼
촉촉이 젖어오는 생각에
잠에서 깨어난다
소여물 되새김질하듯
어제 아무런 생각 없이 저지른 행동이
영화의 지우고 싶은 한 장면처럼
자꾸 그 일이 떠오른다
하지 말아야 할 일을 해 버렸다
한순간의 강렬한 마음의 욕구가
그 순간 그것이 전부가 되었고
꼭 해야만 될 것 같은 엉뚱한 사명감 같았기에
이성을 압도한 감성을 감당하기에는
감성에 힘이 너무 강했다
후회를 한다
한숨을 쉬어본다
없던 일이라고 애써 무시해 보지만
현실은 변하는 것 하나도 없다

그때는 그 일이 최선이었고 하지 않으면 후회할 것 같아
앞뒤 생각 없이 일을 저지르고
독이 든 빨간 사과처럼
그 일의 유혹이 너무 강했고
단맛의 마성처럼 그 일은 나를 심하게 흔들어
목마른 사막의 낙타가
오아시스를 만난 것처럼
갈증이 났다오
한숨 자고 나 몸과 마음이 재충전되고 보니
그처럼 갈구했던 일이 목마른 갈증보다 더 못한
방법이란 걸 알았네
물 위에 떠 있는 부포처럼
그 생각 잊으려고 억눌러 놓은
손만 놓으면 다시 떠오르고
대국에서 잘못 본 묘수로 져버린
천재 바둑판 기사처럼
자꾸만 복기해 보는 후회는
나의 잘못된 묘수를 질책해 오고
나 스스로 만든 개미지옥에 빠져
뼈를 깎는 듯한 반성에 고통으로 아우성을 친다오
고통에 쓰라린 통증은 두고두고 아려오겠지만

만능 해결사 시간이 약이라
세월이 흘러가면 아무 일 없는 듯
살아지겠지만
화상처럼 그 상처는 큰 옹이가 되어
평생 흠집으로 남겠지
죄와 벌 이야기처럼 인과응보의 진리가
나를 툭 치고 지나가는 말로
깨침을 주는 밤이로구나

2024. 5. 22.

오월의 밤

황혼의 햇살이 노을로
마술쇼를 보여주고
사라진 저녁 하늘에
구름 사이로 둥근 동그라미를 그린
오월 보름달이
반짝이는 잔별들을 데리고
병아리 어미 닭 따라가
먹이 찾아나서듯
저녁 산책길 나서면
강둑에 양 옆으로 선 꽃길은
서로 어서 오라고 향기로 부른다
이슬 젖은 풀섶에서
개구리 연가소리는
마음을 설레게 하고
몸마저 마음마저 가볍게 한다
이런 날 그대에게 사랑고백하면
하늘과 땅 기운이 도와
내 소원 이루어질 것 같네

2024. 5. 23.

친구에게 보내는 글

오월 말이라 물 오른 태양에 청춘은
하늘 높은 줄 땅 넓은 줄 모르고
기세 오른 태양은 햇살을 태산만큼 쏟아붓는다
햇살로 꽉 채워진 열기는 땅을 익히고
그 열기는 온천수 김 오르듯
강 안개 피어오르듯
하늘로 슬금슬금 타고 오른다
산꼭대기 구름 하나 태양을 가릴
엄두조차 못 낸다
나그네 새 뻐꾸기는 알 낳을 자리가
마땅찮은지 며칠째 산속을 돌아다니며
울고불고 난리다
휘파람 새는 아침에 지갑이라도 주웠는지
새로운 애인이라도 생겼는지
기분 좋은 목청으로 노래를 여러 곡 뽑아 댄다
겨울작물 수확하고 여름작물 심는다고
들판에는 호박씨를 뿌려놓은 듯
드문드문 사람들이 일을 한다
세상 만물이 적자생존에서 살아남기 위해
최선을 다해 노력을 하는구나
게으르고 싶은 내 마음에도 생존에 본능으로

뭔가 해야 된다는 강박관념이
송곳이 되어 찌르면 몸은 안 따라 주는데
심장만 헐레벌떡 뛰고
나에 의지는 장닭 소리만큼 길고 가늘게
퍼지는구나
에라 모르겠다
까마귀 따라 냇가로 소풍을 갈까?
개미 따라 들로 갈까?
선택에 고민이 꼬리를 문다
참새 새끼 물 마시듯 커피만 홀짝거린다
창 너머 산 풍경이 좋고
새 노랫소리 좋은 창고 방이 꿀단지 인양
쉽게 갈 곳을 못 찾는 나는
신선놀음의 선비인가?
게으른 방거치 변명인지
나도 모르겠네
친구야 오늘도 더울 것 같네
우짜든지 삶에 주어진 세월
뭐라도 채워야지 이왕이면 다홍치마라고
기분 좋은 기억만 채우세

2024. 5. 23.

오늘도 행복하다

아침햇살이 숲을 찾아들고
산새는 오늘도 살아 있음을
기쁨으로 노래한다
창을 열어 놓으면
매일 아침마다
산속에서 새로운 새가 찾아와
안 심심 할 만큼 노래를 불러주고
커피 한 잔으로 사색을 즐기다
창고 마당 한 바퀴 휙 둘러보면
키위나무 그늘 아래는 표고버섯이
우산을 쓰고 마실 길 나오고
사계장미는 부드러운 꽃잎이 짙은 색깔로
마음을 흔들며 세계 미인대회라도 하듯
곱게 화장을 하고
이슬 머금은 미소로 나에게 사랑을 갈구한다
장독대 뒤에 서서 하늘까지 닿을 듯
큰 키로 선 솔순은
용이라도 승천하듯 힘차게 솟아오르고
무수한 잔가지는 집안의 번영을 상징하듯 든든하고
피부가 매끈한 매롱나무는
시집갈 처자같이 생기로 활달해 보인다

간밤을 잘 지내고 나타난 주인이 몹시도 반가운지
마당개는 엉덩이 꼬리가 빠질 만큼
씰룩 씰룩 춤을 추며
반가운 소리로 말을 걸어온다
모른 체 못 본 체 돌아서니
닭장에 수탉이 우리는 왜 안 보고 가느냐고
큰 소리로 불러 세운다
인생가객 삶에 낭만 가객의 하루는 행복하다
창고 지붕 밑에 세 들어 사는 우리 집 참새는
그사이를 못 참고 이웃집 잔소리쟁이 마누라 모양
일하러 안 간다고 턱밑에서 쫑알쫑알거리네
아침햇살이 무척 좋다
오늘은 아무 일 하지 않아도 먹고살 것 같은
괜스레 기분이 좋아지는 아침이네
오늘도 좋은 기운 많이 받아
행복한 하루

2024. 5. 24.

하루 일을 시작하는 아침

풀꽃들에 간절한 기도문이 통하려나
그렇게 원하는 바램 한 줄기 비가 오려나
흐린 날씨는 어른이 장난감 들고 줄까? 말까?
어린아이 놀리듯 뜸을 들이며
초목들에 애간장을 태운다
가물다
한낮이면 풀잎들이 시들어 꼬꾸라져
생사 간을 다투고 고혈을 다 짜내
피어나는 붉은 장미꽃은 내 영혼까지
아름다움으로 빨아들인다
올봄에 세상을 떠난 영감님 밭에
젊은 새 주인 괭이질에 연기 같은
흙먼지가 폴폴 날고
숲 속에서 고운 목소리로
청아하게 노래하는 이름 모를 새소리 따라
저승이라도 따라갈 만큼 매혹적으로 불러대고
아이들이 날리는 연같이
흰 왜가리는 창공에 큰 날개를 쭉 펴고
세상 일 변덕에 관심 없이 무심히 뜨있고
아침끼니 민생고 해결한 물오리 두 마리는
강둑에서 누굴 만나러 가는지

깃털을 손질하고 있다
커피 한 잔을 탁자에 두고 이런 날
나는 무슨 일을 해야 하나 하고
대국 승부하는 국수보다 더 깊은 장고에 빠져
번쩍 떠오르는 묘수를 찾고 있다

2024. 5. 25.

손자 손녀의 노래

하늘은 청명하고 오월에 햇살은 맑고 밝다
태양이 중천을 향할수록
산속 숲 그늘은 엷어지고
시간 따라 나무 그늘 찾아드는
새 노랫소리 다르고
산들산들 부는 남풍은
나뭇잎을 바람개비 돌리 듯 흔들어 대며
나들이 오라고 조르네
연 보랏빛 꽃잎이 새색시 수줍음 같이
고운 꽃을 피운 감자는
땅속에 알을 품고 있다고
가까이 오지 말라 하고 닭 날개 펴 크게 보이듯이
양 사방으로 벌린 큰 잎이 위세를 뽐내고 있다
휴일이라고 엄마 따라온 손주는
할아버지 손잡고
병아리구경 가자
소구경 가자
꽃구경가자
잠시도 안 쉬고 궁금증을 풀어가고
모든 것이 신기한 듯
활기찬 그 모습이

기쁨으로 피를 돌게 하고

손주를 싣고 꽃이 피고 물풀이 생기로 가득 찬

강둑을 물오리 따라 한 바퀴 돌아보면

마음속에 포도송이 매달리 듯

행복이 주렁주렁 매달린다

꽃이 된 듯 나비가 된 듯

가벼운 마음은 돌아온 청춘을 만난 듯

반갑고 호기심 끌려 참새집까지 따라 간다

잔잔한 호수에 돌멩이 하나 떨어져

먼 호수 끝까지 잔물결을 일으키듯이

손주 녀석들에 엉뚱한 호기심이

세월을 거슬러 올라가

청춘에 피를 돌게 하고

다음 주말에 다시 만남을

설렘과 기대 찬 희망으로 꽉 채워준다

2024. 5. 26.

손자 손녀와 놀기

참새새끼 재잘대듯
바위틈에서 옥수가 쏟아지듯
쉼 없이 말을 걸어오는 손자 손녀들
너희들을 바라보면 꽃을 보는 듯
뿌린 씨앗에서 올라온 새싹을 보는 듯
기쁨과 희망이 삶에 힘을 준다
산속 뻐꾸기는 심심하다고
같이 놀아 주라고 조르고
할 일 다 끝난 감꽃이 똑 떨어지니
어미 닭 따라가던
병아리 한 마리가 쪼르륵 달려가 물고 오니
그걸 뺏으려 온 형제자매
다 달라붙어 치고받고 야단난리다
한 녀석 꿀꺽 삼키니 아무 일 없다는 듯이
다정히 엄마 닭을 따른다
그 모습에 참새 새끼들도 우습다고 깔깔거린다
오월 말 초여름 햇살이 따가운지
나뭇가지에 올라앉은 청개구리는
기우제 기도문을 외우고
간밤에 보초 선다고 잠을 못 잤는지
마당개는 꾸벅꾸벅 졸고

손주 손녀들 물놀이에 찬물 튀니
그 차가움에 몸과 마음이 깜짝 놀라는 걸 보니
한물간 청춘을 몸이 먼저 알아보네

2024. 5. 26.

설레는 하루

일기 예보에 어젯밤에
많은 비가 온다더니
어제저녁에는 구름이 무섭게 몰려와
비가 토닥토닥 내렸다
진짜로 비가 많이 온 줄 알았는데
아침에 일어나 보니
햇살이 반갑다고 인사를 건네고
간밤에 많이 온다던 비는
꽃잎에 눈물만 뿌려놓고 온다 간다 말없이 떠나고
하늘에는 구름 한 점 없다
구름, 바람, 말은 못 믿는다고 했는데
그 말이 참말이구나
벌써부터 마늘밭에는 사자 무리들
사냥해 먹잇감 나누어 먹듯
사람들이 햇살이 무서워 복면을 둘러쓰고
옹기종기 모여 앉아서 일을 하는데 남녀노소를 모르겠네
일찍 모내기 한 논에는 모가 땅 내음을 맡아
적응 중이고 아직도 모판에 남아 이제나저제나 하고
언제 내 차례 오나 기다리는 모나
님 소식 기다리는 내 마음이나 한마음일세
오늘도 불확실성의 시간 기대하고 있는

그 무엇인가를 제비가 물어 줄지
참새가 물어 줄지
아니면 어부지리로 세월에 떠밀려 와
내 손에 딱 잡히는 요행수가 있을지
막연한 기대감으로 하루를 시작해 본다

2024. 5. 27.

가 뭄

오늘도 소만 지난 젊은 태양은
망나니같이 천지도 모르고
물 쓰듯이 돈 안 드는 인심 쓰듯이
공짜라고 햇살가루를 펑펑 쏟아대며
넘치는 힘자랑으로 땅을 들들 볶아
윽박을 질러대니
거북이 등짝같이 땅은 금이 가고
벌어진 입은 물 한 바가지 주이소 하고
동냥 그릇을 내민다
가뭄에 미풍이 나뭇잎만 흔들어도
먼지는 연기 피어오르듯
꽃구름을 그리며 바람 따라 달려가고
밭에 호박잎은 커다란 우산을 접고
축 늘어져 목이 말라 기운이 없다고
물 보약 한 바가지만 달라고 하소연이다
붉은 접시꽃 형제가 용감히 큰 꽃을 활짝 펴고
이판사판으로 태양과 맞짱을 떠보지만 새 발의 피고
초목에 염원으로 뭉친 땅기운이 산을 올라
하늘에 사다리를 걸쳐놓고 살금살금 올라가
구름으로 태양이 가는 길을 막아 보지만
태양은 축구공처럼 요리조리 얼굴을 내밀고

나뭇잎에 올라앉은 점잖은 개구리처사 응원가도
안 통하고 농심 실은 내 힘까지 보태보지만
하늘에 대세는 바꿀 수가 없네
세상이 팥죽이 끓는지
된장국이 끓는지도 모르는
산새들은 고운 목소리로
연애가를 부르기 바쁘고
에헤라 나도 모르겠다
세상만사 될 대로 되어라
용 쓴다고 되나
밭두렁 풀 베어와
농우소여물 말리는 뒷집 할배 마당에
풀 마르는 소리가
세월이 익어가는 소리만큼
바스락거린다

2024. 5. 28.

평범한 삶

저녁노을 햇살은 하나둘 불은 꺼져가고
어둠은 함께할 친구를 찾아 거리를 배회하고
꼬마 백열등 전구가 은하수 무리같이 모여
속닥거리는 작은 카페의 불빛 아래
분위기 띄우며 호객하는 음악 소리도 없이
손님도 없이 혼자 앉아서 핸드폰만
만지작거리는 여주인 모습에서
삶에 무게가 느껴지고
바위섬 갈매기 둥지 같은 아파트 창에
불빛이 들어오고 하루 종일 흩어져
각자의 위치에서 자리를 지키고 돌아온
가족들에 맛있는 저녁 식사와
식구들에 격려와 칭찬에 이야기꽃을 피우며
내일 살아갈 삶에 힘을 넣어준다
무엇이 옳고 그른지는 모른다
그냥 다가온 현실을 그 순간순간 일들을
즐거운 마음으로 받아들이며 살면 후회는 안 할 것 같다
쇠사슬을 이어가듯 하루하루 시간을 이어가다 보면
세월은 어느 순간에 목적지 도착을 알리겠지만
이렇게 살든 저렇게 살든
인생은 누구나 미련에 후회는 남는다

힘들고 고달픈 최고도 싫고
늘 기죽고 불편한 최하의 삶도 아닌
중간에 삶을 살자
조금 부족한 듯해도 큰 문제 없고
중도에 인생길이 제일 좋을 듯싶네

2024. 5. 29.

일하는 행복

오뉴월 농번기라고 어슴새벽을 급하게 달려온
아침햇살 땀방울이 떨어져
풀잎에 이슬방울로 맺히고
그림자는 더운지 햇살을 피해 돌아앉고
오늘도 꽃은 피고 진다
오늘 나는 피는 꽃인가?
지는 꽃인가?
그 결과물은 저녁노을이 점수를 매겨줄 것 같네
생각 속에 상상을 시간 앞에 끄집어내어
현실감 있는 이야기를 만들어 내는 것이
소설 같은 인생살이
각자의 마음에 이야기를 실타래 풀어가듯
차분히 풀어 써보자
지우개로 지웠다 다시 그리는 그림같이
헛일이 되더라도 집중해 일하는 순간만큼은 행복하니까
농번기라고 참새도 마늘 캐러 일하러 가고
산새도 모내기 갔는지 오늘은 이웃이 텅텅 비어있네
나도 혼자 놀고 있으니 괜히 불안하다
얼른 내 일거리 찾아보고 일하는 척이라도 해야겠구나
오늘도 마음이 만족하는 하루가 되었으면 좋겠네

2024. 5. 29.

유월의 밤

어둠이 어슴하게 그림을 그리면
농번기라고 늦게까지 일하던
농부도 집으로 돌아가고
낮 주인 없는 논밭에
산속에서 밤 주인들이
어슬렁어슬렁 순찰길 나서고
동녘 산을 넘어 초승달이 차오르면
술도가지 술 익어가는 향 내음 나듯
유월의 밤꽃 향기가 마실 길 나서면
그 향기로 동네잔치를 한다
모내기 한 논에 가로등 불빛이
엿가락 늘어지듯
논배미를 길게 가로지르면
개구리 녀석들 시소 타는 놀이에 재미가 붙어
물에 옷 다 젖는 줄도 모른다
산딸기 익어가듯
유월에 밤이 익어가면
부엉이 소리 청춘남녀가 속삭이는
이야기 소리가 짙어가는 어둠 속으로
빨려 들어간다

2024. 5. 29.

반성과 후회

술 한 잔이 보여주는 마술쇼
돈이 여행시켜 준 우주여행
환상적인 꿈속을 헤매다
깨어난 현실의 허무함
화살촉만큼 짧은 순간을 위해
화살대만큼 긴 인고의 세월을
참아야 하고
홀쭉해진 지갑이 때 지났으니
배고프다고 밥 달라 하는데
이번 달 곳간에 양식은
바가지 달그락거리는 소리 들리고
의미 없는 욕망을 탓해 보지만
이미 엎질러진 술잔 같고
줏대 없는 마음에 가벼움은 후회를 불러오고
또 하나의 바른 마음은 반성이라는
마음에 심판을 받는다
지나고 보면 후회하는데
그 순간 달콤한 유혹이 일은 낸다
당하고 보면 후회와 뼈저린 반성을
헤아릴 수도 없을 만큼 해보지만
시간이 병도 주고 약도 준다

시간이 어느 정도 지나고 나면
계절의 숙명처럼 했던 실수를
또 반복하고 또 후회하고
이렇게 날씨마저 흐리면
후회의 골은 더 깊어간다
한계에 부딪힌 나에 의지력은
무력감에 허물어진다
그래도 희망은 있다
인생 살아온 내공이 있어
이 또한 지나간다는 걸 살아온 경험으로 안다
화산이 폭발하듯 유전자가 발현하면
지나가는 태풍처럼
시련은 있어도 삶에 포기는 없다
당하고 또 당해 보면
언젠가는 약아져 그 유혹
우습게 볼 날도 오겠지

2024. 5. 30.

오월의 마지막 날

해 질 녘 강가에 저녁노을이
천국에 조명을 비추면
기쁨으로 충만한 피라미 널을 뛰듯
장구를 치듯 북을 치듯 하늘을 날듯이
기운찬 청춘이 팔닥팔닥거리던 오월도
꽃잎이 지듯 오늘이면 떨어지고
병아리 날개 힘 오르듯
푸른 신록은 녹음 방창가를 부르고
요릿집 술안주 나르듯
태양은 부지런히 시간을 퍼다 나르는구나
아이들 놀이로 호수에 돌팔매질하듯
산속에서 뻐꾸기 소리가
흐르는 시간에 음표를 넣어주고
나에게 주어진 시간에 빈자리는
오늘 해야 할 일들이 꽉 채우고
농우소 재촉하는 농부같이
일하러 가자고 옆구리 쿡 찌른다
내가 메꾼 머리털만큼 가느다란 시간도
커다란 세월의 밧줄 속에 한 가닥 실이 되어
세상에 표시도 안 나는 한 축이 되겠지만
내 생애가 끝나는 그날까지 끊임없이 이어져

세상 일속에서는 작겠지만
나의 전부인 내 인생길
오늘 하고 있는 하루 일은
나에게는 세상일 전부만큼 큰길이 되겠지
그래서 내게는 너무나도 소중한 오늘 하루
금덩어리를 주운 듯 귀하게
보고픈 님을 만난 듯 반갑고 즐겁게
생에 마지막 날인 듯
알뜰살뜰 살아야 하겠지 하고
큰 소리 내어 읽으니
수탉도 맞다고 하고
참새도 맞다고 하니
바른 생각인 것 같네

2024. 5. 31.

황 혼

저녁노을은 아이들 놀이 기구 타듯
구름을 올라타고 천지조화를 부리고 있다
산속 나무그늘 속에 낮잠을 즐기던
유월의 어둠은 머루 꽃향기 등에 기어올라
산길을 내려오고
머루 꽃향기는 오월에 장미향과 겨루어도
하나도 부족함이 없다
유월에 향은 밤나무 꽃향기도 진하지만
감성을 녹여주는 최고의 머루꽃 향기
머루꽃 향이 마을로 내려오면
그물을 크게 벌려 물고기 잡듯
온 동네 사람이 깊은 호흡을 한다
저녁별이 화장하고 임 데이트길 나서면
하던 일손 놓고 아이들 학교 가듯
하나둘 띄엄띄엄 농부들 귀갓길 서둘고
앞마을 강둑 따라 노란 금계국은
시냇물 소리 피라미 장단 맞추는 소리
물오리가 부르는 하모니카 소리가
잘 어울려 꽃 천지 별천지를 만들어
사람들을 불러 모아
농락질을 한다

농번기라 할 일 많은 아버지 마중 길 나서는
어린아이 얼굴에 기다림이 가득하고
엄마 손잡고 아버지 마중 길 가는
어린아이 마음에는 아버지 사랑이
가득 차고 넘치는구나

2024. 6. 1.

마 늘

먼 산에 단풍이 들어
낙엽이 이별에 편지를 눈물로 쓰고
찬바람이 칼날같이 옆구리를 베고 지나갈 때
달빛에 젖은 찬 이슬이 기러기 등을 적실 때
세상살이 난세란 소문을 듣고
군계일학같이 땅에서 푸른 기운으로 돋아나
삶에 생기를 주고
동지섣달 기나긴 밤을 북풍한설에 시달려도
붓대같이 꼿꼿이 서
대쪽 같은 선비에 기상이 서린 너
엄동설한 모진 고난을 인내를 지팡이 삼아
양파란 친구와 손잡고
겨우내 가난한 삶을 이어 와
만물이 소생하는 봄철에 그 당당한 위풍은
싸움에서 이기고 돌아온 장군들에 위상 같고
얼마나 사람 몸에 좋으면
족보에 곰이 먹어 사람이 되었다는
전설을 간직한 이야기가 전해 내려오는구나
소만의 양에 기운 가득 채우고
겨울작물 환갑인 망종 집 앞에 다가서면
천지간에 생성된 양에 기운 뿌리로 다 보내고

곳간에 곡식 쌓아두듯 쌓아
음식마다 약방에 감초격으로 끼어들어
인간에 미각과 건강을 지키고
파수꾼이 된다

2024. 6. 2.

늙은이 넋두리

어둠 짙은 들녘에 개구리 노랫소리
내 마음이 쓸쓸하니
그 노랫소리도 내 신세같이
처량하게 창 넘어 들리고
방충망 사이로 철책을 넘듯
죽기 살기로 불빛을 향해 달려드는
하루살이가 내 모양같이
어리석어 보인다
답은 정해져 있는데
욕심이 자꾸 마음을 꼬드겨
일을 낸다
가족들이 아무도 원하지 않는데
나 혼자 보릿고개 시절 때
잘살아 보자는 새마을 정신이 남아
아끼고 부지런히 해보자 하고
허리띠 졸라매어 보지만
마당 개마저 관심이 없다
힘든 일 힘대로 하다 바쁘다는 핑계로
어제오늘은 너무 열심히 했나 보다
들숨 날숨 쉬기도 버겁고
팔다리가 천근만근이다

열심히 일하고도 몸 상한다고
면박만 받고 욕심에 일 많이 한 죄인
저녁 밥상을 받고 보니
시원한 물밖에 안 보이고
위로받고 싶어
마누라에게 내 심정 얘기하니
나이 생각하고 몸 생각해
일 줄이라고 충고하고
자식들에게 힘들다고 하니
자기 직장이 더 힘들다고 하네
진짜 내가 누굴 위해 종을 울리나 싶다
당신 덕분에 아버지 덕분에
편히 살아요
고생 많이 했어요
이 말 한마디면 되는데
그 소리 꿈에도 하고 싶지 않나 봐
별것 아니지만 존재감을 확인하고
싶었는데
아무도 인정을 안 한다
이게 늙어감이 아닌가?
삶에 힘이 빠진다

내일부터 안 해야지 싶지만
아침 햇살이 비추면 욕심도 깨어나
나를 충동질한다
나보다 나이 더 많은 사람도
나보다 더 열심히 하는데
상대적으로 젊은 내가
놀아 하고 생각하니
일해야 한다는 강박관념이
몸과 마음을 지배해
삶이 힘들고 무작정 놀면
다른 사람들은 열심히 하는데
나만 뒤처진다는 조바심이
심장을 팔딱거리게 하고
나는 이래저래
마음에 수양이 필요한 나이인가 봐

2024. 6. 2.

후회 없는 인생

유월이라 올 한 해도
낮에는 해가 밤에는 달이
반쪽이나 갈아 떡 해 먹었다
옛말에 육십은 해마다 다르고
칠십은 달마다 다르고
팔십은 날마다 다르다고 했는데
그 말이 헛말이 아니었네
나이 먹어보니
인생에 제일 좋은 것은 젊음이고
제일 중요한 것이 건강이란 걸 알았네
왜 그런지 삶은 항상 지나고 보면
알 수 있는 뻔한 이야기를
살아보기 전에는 알아도
느낌이 없는 감정에 이야기
당하고 보면 아하 그때는
그래야 했구나 하고
후회하는 삶이 인생 이야기
꽃들은 달마다 이름을 바꾸어
새로 피고 지고 하나의 생존에 비방은 있다
꽃이 이쁘면 향기가 덜하고
향기가 진하면 꽃이 덜 이쁘고

만물에 형평성은 있나 보다
꽃잎이 시들어 떨어지면
꽃잎 속에 시간도 뚤뚤 말려
흔적도 없이 지워져 가고
지금 내가 서 있는 위치가
일하자니 힘들어 죽겠고
놀자니 심심해서 죽겠고
안 심심 할 만큼 적당히 일하는 것이
몸과 마음에 딱 맞는데
몸과 마음은 의견 안 맞는 부부처럼
늘 따로 놀고 몸은 나이가 들어도
마음은 나이가 들지 않으니
편안할 날이 없네
적당히가 좋은데 그 말은
도인들이 할 소리이지
속인들이 할 소리가 아니다
일하다 보면 요만큼 이만큼
늘 마음이 욕심을 내고
몸은 안 따라 주는데 어떡해
뒷 물결에 앞 물결이 떠밀려가듯
인생 꺾어진 골짜기 비슷한 곳에서

아직은 젊다고 허세와 오기를 부려보지만
세월은 나의 급소를 먼저 알고 공격해 들어온다
밑천 다 드러난 현실에
세월 앞에 장사 없다는
진리에 말에 헛웃음만 나온다
에헤라 데 헤아 나는 모르겠다
될 대로 되어라 나 편안할 대로
좋은 것만 생각하자
오늘도 멧비둘기도 참새도 나를 위로하듯
고운 노랫소리 들려주고
쓴 커피 한 잔으로
세월에 배신을 아쉬워하며 쓴맛을 본다
어떻게 해도 시간은 이길 수 없고
그냥 최대한 잘 활용해
후회 덜 하는 인생 살아보자

2024. 6. 3.

사랑의 시작

바람도 발 못 붙이고 흘러가는
얼음장같이 미끄러운 세월 속에
너의 시간 나의 시간이
우연인지 필연인지
주고받는 말 한마디에
길동무 되어 인연줄은
너는 나를 낚고 나는 너를 낚는다
수많은 화려한 꽃이 피어있어도
벌은 마음이 끌리는 꽃에서 꿀을 빨고
나비가 아무 곳에나 정처 없이
날아가는 듯싶어도
자기 마음 쏠리는 곳을 찾아간다
냇물이 그냥 뜻 없이 흘러가는 것 같아도
그 흐름에 천지조화 보이지 않는
만남과 이별이 있듯 영원한 평행선일 것 같은
우리 만남도 시간과 때가 매듭을 맺어주니
두 가닥이 한 가닥 인연 줄이 되어
누에고치 실 뽑아 집을 짓듯
너와 나도 인연 줄을 뽑아
오늘도 예쁜 사랑에 집을 지어가고 있구나

2024. 6. 4.

모심는 들녘

유월에 아침 태양은 황금빛 햇살 가루를
마구 뿌리고 꽃잎이며 풀잎이며
그 가루를 얼른 물어 나른다
쓰레질한 논에 올챙이 새끼들 물장구를 치며
누가 더 큰지 키 자랑을 하고
태양이 중천에 노닐고 있으니
눈치 빠른 남풍이 구름 조각들을 밀어내고
열 받은 들길은 산불이라도 난 듯이
자욱한 열기로 아지랑이 끓어오르고
상머슴 이양기는 군소리도 없이
빈 논에 모를 한 줄 한 줄
알차게 메꾸어 가고
가벼운 몸놀림에 화려한 날갯짓으로
잠자리 두 마리는 사랑놀이 재미있어
옆도 안 돌아보고 제철 만난 호박넝쿨은
어느새 담장을 타고 올라 머리를 흔든다
오늘 아침에는 노란 호박꽃을 피워
벌, 나비 앞에 자랑질을 해 되고
숲 짙은 갈대는 사랑한다고 서로 몸을 비비며
사그락사그락 바람소리를 낸다

2024. 6. 4.

호 박

유월에 햇살이 뜨거워
양산같이 큰 잎을 쓰고
밭두렁을 기어오른다
햇살을 닮은 노란 수꽃이 먼저 피어나
애타게 암꽃을 부르니
서너 마디 건너 암꽃이 열매를 달고
신기하게 나와
제비새끼 먹이 받아먹으러 노란 잎 쫙 벌리듯
방긋 이쁜 웃음으로 꽃잎을 벌리고
황금꽃가루를 물 쓰듯 흔하게 뿌려대니
물욕에 눈이 어두운 벌도 꼬여 들어
상머슴같이 일하고
지나가던 나비도 꼬여들어 일을 한다
색동풍선 부풀어 오르듯
낮이면 햇살이 채우고
밤이면 이슬비 속삭임으로 큰다
지루한 장마철에 고독도
땡볕에 시련도 이겨내면
가을바람이 달빛 아래서
갈댓잎 피리를 불면
연지곤지 찍고 시집가는 새색시같이

달빛 별빛을 빌려 와 곱게 화장을 하고
속살은 황금빛 햇살가루
차곡차곡 쌓아 옹골찬 곳간 만들어
주인 손길 기다리고
찬바람이 속살을 파고들기 전에
할머니, 할아버지가 고이 따와
방안 윗목에 곱게 간직했다가
아들 딸 손자 손녀 귀한 손님 오면
별미로 콩도 넣고 팥도 넣어
찹쌀로 한 솥단지 끓어
이웃 할머니들도 한 그릇 주고
식구들끼리 둘러앉아 한 그릇씩
갈라 먹으면 할머니도 할아버지 딸, 아들, 손자, 손녀도
마성 같은 그 단맛과 향기에
홀딱 빠져 숟가락 놓기가 아쉬운 마음에
숟가락을 몇 번이나 쪽쪽 빤다

2024. 6. 5.

삶은 어려워

찬란한 아침 햇살이 온 들을 가득 채우면
풀잎은 몸에 묻은 이슬을 털어낸다
나무에 올라앉은 개구리 처사는
며칠째 기우재 기도문을 외우며
기도해 보지만 엉터리 도사인지
날씨는 비 올 생각이 꿈에도 없는지 하늘은 맑다
커피 한 잔 태워 놓고 오늘 할 일을 궁리하는데
참새는 나를 찾아와 말을 걸고 그대의 안부를 묻는다
따뜻한 커피 한 잔으로 하루를 열고
쌉쓰레한 커피 향 맛이 아이들 체육시간에
운동장 한 바퀴 돌 듯 천천히 입안을 한 바퀴 돌리고
목줄을 타고 배 속으로 들어가면
천금만금이 내 손에 들어온 듯
따뜻한 온기가 든든한 기둥을 세운 듯하고
오늘 해야 할 일이 정리가 되는구나
삶은 늘 한평생 숙제가 되어
어느 날 문득 나에게 되묻지만
계절이 바뀔 때마다 생각이 바뀔 때마다
다른 답을 내밀고 환갑을 넘게 살아도
아직도 확실한 신념은 없고
바람 앞에 깃발처럼 오락가락한다

2024. 6. 5.

욕심을 버리고 나면

욕심도 싫다 욕심 뒤에 골병이 숨어 있어
돈도 싫다 돈 뒤에 번민이 숨어 있어
한 가지 좋은 밝은 면 뒤에는
어두운 면이 있는 것
세상일 좋은 것 싫은 것 제하고 나면 결국에는 영이다
춘삼월 봄이면 매화꽃 향기는 벌 나비 불러 잔치하고
유월이면 새콤한 향기가 나를 나무 밑으로 부르고
술 도가지 매화 술이 익어가면 친구를 부른다
세상은 계절이 베풀어 준 만큼
즐기고 무얼 먹든
배부를 만큼 먹으면 되네
언제 염라대왕이 저승으로 발령 낼지
아무도 모르잖아
무엇을 위해 누굴 위해
모진 인연 맺어 고해의 늪을 헤매는가?
지금 우리는 모두가 다 시간표 차표를 가지고
내가 기다리는 버스가 오면
타고 갈 대합실에서 기다리고 있지 않은가?
그저 허허 웃으며 용서하고
서로 돕고 살아 보세나

2024. 6. 5.

막걸리 한 잔

붉은 접시꽃 하얀 접시꽃은
다정한 연인처럼
마주 보고 웃고
오늘도 태양은 중천을 향해
제 갈 길을 간다
하늘을 나는 까치 까마귀는
태양 몰래 구름 씨앗을 물어다 심고
목마른 풀잎이 기우제를 지낸다
노랗게 물든 매실은 향긋한 향기를
출출 흘리며 수확 시기를 알리고
무슨 경연대회라도 나갈는지
숲에서 산새 노래연습 소리는
끝이 없이 반복되고
그 소리 시샘하는 멧 비둘기
노랫소리는 더 크게 들리는구나
밭두렁에 집을 짓고 사는 개미동네
오늘이 장날인지
머리에 이고 등에 짊어지고
줄을 서서 장 보러 가는데
줄이 하도 길어서
그 시작과 끝을 모르겠네

오늘 개미는 좋겠다
오일장에 가서 선지국밥에
막걸리 한 잔 하면 기분은 알딸딸하고
마른 논에 물 들어가듯
목이 시원하겠다

2024. 6. 6.

안 오는 비

유월이라 태양은 양기 운에 꼭대기
하지를 며칠 앞두고 있다
땡볕은 장마철까지 버틸는지 비 소식은 없고
초목에 원성은 쓰레기 쌓이듯
태산만큼 높아져 간다
건조한 계절 봄 말 초여름에는
사흘에 한 번씩은 비가 와야
음양에 조화가 맞아
풍요로운 계절이 될 것인데 가물다 보니
세상인심도 말라 가고
골짜기 물도 다 말라
올챙이 새끼 피라미 새끼
조그만 웅덩이 오글오글 다 몰려들어
매일매일 생사를 놓고 운명에 전쟁을 치른다
웅덩이 물이 조금씩 조금씩 줄어들어
삶의 위기는 긴장감을 불러오고
애타는 마음 기도하는 마음
하늘은 아는지 모르는지
묵묵부답이고 어쩌다 생긴 구름도
제 갈 길이 바쁜지 그냥 지나가고
간절히 바라는 희망마저 가지고 간다

말라 가는 물 미물들에 가빠지는 숨소리를
구름은 들었는가? 보았는가?
그 원한이 대자보 벽에 붙듯이
하늘에 걸린 걸 모르는가?
오월 유월에 비가 없다 보니
풀잎도 나뭇잎도 생기를 잃고 시들시들하고
비를 바라보는 농민에 마음도 거북이 등짝
갈라지듯 손가락이 들어갈 만큼 골이 파이고
갈찌근한 마음에 속이 타
막걸리 한 사발로 위로하며
어찌할 수 없는 현실의 벽 앞에서
약자의 대변인 긴 한숨으로 체념하고
하늘에 뜻을 받아들인다

2024. 6. 7.

술꾼의 변명

술 한 잔이 취기로 돌아와 방황하면
외로움은 홍수 난 것처럼
사정없이 내 마음을 훑고 지나가고 나면
온갖 생각은 뒤죽박죽 잡념들을 떠내려 보낸다
술을 먹고 자고 난 날 아침은
모든 것을 잃어버린 것처럼
허망하고 후회만 남는다
동쪽 산마루를 갓 넘어선 태양은
얼음장을 깨부수듯 구름을 조각조각 내면
물이 새듯 햇살이 온 누리에 쏟아져
들어오고 나뭇잎 머리칼을 쓰다듬고 오는 바람에
새들도 잠에서 깨어나 지나간 어제는 무시하고
바쁜 아침을 시작한다
어제저녁 우울한 기분과 술 한 잔에 꼬드겨
광란에 밤을 한을 실은 노랫가락으로
기억하고 싶지 않을 생각들을 지우개로 지우듯
하나하나 싹 다 지웠다고 했는데
지워진 생각 속에 후회만 꽉 들어찼구나
시간은 바람 빠진 풍선 인형처럼
맥없이 꼬꾸라져 있는 나를 깨우고
후회의 쓴맛으로 훈계하는구나

그때는 몰랐다
그 광란의 시간 다음이 후회의 괴로움이란 걸
인생은 끝이 난 대국처럼 지나고 보면
항상 묘수풀이 정답이 나온다
술에서 깨어난 아침이면 왜 그랬을까?
의문부호를 남기고 반성하고
그동안 알게 모르게 쌓여왔던
삶에 군더더기를 후회로 지워버리고
빈 바가지에 물 퍼 담듯
삶을 퍼 담는가 보다
자꾸 짙어지는 구름은
새는 물 막듯 햇살 구멍을 막아
햇살 한 줄기 새어 들어오지 못하고
비가 오려나 새들이 지붕 수리하느라고
하늘길에 교통순경이 나서야 할 만큼 난무하고
온갖 새소리가 시끄럽게 들리는구나
사람 사는 세상이나 새들이 사는 세상이나
삶에 무게는 같은 듯
다른 듯싶네

2024. 6. 8.

비 올 징조

한발씩 한발씩 구름은 땅을 향해 내려오고
먼 산 뻐꾸기 소리 따라
곧 빗물이 흘러들 것 같다
긴 가뭄 끝에 기다리고 기다리던 비는
바람을 타고 오려나
개구리들에 청원가 합창 소리 듣고 오려나
굼뜨게 뜸을 들이고 있다
산속 불한당 까마귀는 큰 소리로
친구를 찾아 뒷산을 다 헤집고 다니고
속 시끄러운 산새들이
들로 피난을 내려온다
올 사람도 없는데 마당 개는
목청 연습을 하는지 짖어대고
시샘 많은 수탉도 울 일도 없는데
존재감을 드러내듯 긴 목청을 뽐내고
제비의 낮은 비행
참새들에 속닥거림을 보니
시간이 문제지
곧 비가 오겠구나

2024. 6. 8.

낮 잠

오랜 가뭄 끝에 단비가 내린다
오그라들고 시들었던 옥수수 잎이 인상을 펴고
좋다고 춤을 추며 나 보고도 같이 어울려
놀아보자고 손짓을 하네
개구리 처사 기우제가 통했는지
목마른 초목들 소원에 기도가 통했는지 시원하게 내린다
지붕을 씻어 내린 때 구정물이
지도를 그리며 마당 바닥도 씻어 도랑으로 내려가
피라미 목욕탕마저도 청소한다
비가 와서 밖에 놀러 못 나간
손주 녀석도 넘치는 기운으로 집을 들었다 놓았다
야단법석이고 놀고 난 방바닥은
쓰나미가 휩쓸고 지나간 거리처럼
장난감들이 널브러져 있다
비가 와 들일은 틀린 것 같고
원님 덕에 나팔 분다고
노동으로 지친 몸 방바닥에 붙이고
세상만사 모르는 체하고
낮잠 한숨 자는 것도 비 오는 날
장땡이지 뭐

2024. 6. 8.

깨닫고 보니

삶은 쏜 화살 같은 것
날아가는 화살은 표적을 바꿀 수도 늦출 수도
빨리할 수도 없다
그냥 가는 데로 가는 곳까지 갈 수밖에 없다
새벽잠을 깨운 번민에 씨앗이
마음에 잡초를 싹 틔워 오욕칠정이 백팔 번뇌까지
불러와 들쑤신다
온갖 망상이 마음에 들녘의 주인이 되어
봄날 꽃 피어나듯 피어나
끝맺음 없이 꽃잎이 떨어지지 않고
말라비틀어진 것처럼
추한 모습을 하고 동냥 나온 거지 모양
허덕거리며 마음을 헤집고 돌아다닌다
파리채로 파리 잡듯 쓸모없는 잡념들을
명상을 통해 베어가다
이기심 하나 뽑아내니
생각이 반으로 줄고
탐욕마저 지우고 나니
바람에 풍파는 사라지고
깨침에 씨앗 하나만 달랑 남구나
너와 나는 하나이고

너는 나와 다른 듯한 가로실
나도 너와 다른 듯한 세로실
시소 놀이처럼 모든 것이 반대인 것 같아도
같은 것 하나를 위해 달리는 인생
둘이서 하나의 삶에 천을 짜는 베틀 위에 올려진
청실, 홍실이라 걸 알았네

2024. 6. 9.

한 맺힌 망초꽃

하얀 눈이 나뭇가지에
눈꽃 송이 매달듯
주인 없는 묵밭에 망초가
눈꽃 닮은 흰 꽃을 이쁘게 매달고
오매불망 사랑을 기다린다
주인은 떠나고 없어도
그 빈 밭을 가득 메우고
하루, 이틀, 사흘 기다려도
오고 가는 사람 없고 향기 없고
못생긴 작은 꽃이라 무시하고
아무도 관심조차 없는 찬밥이네
여보시오
사람들아 잡초꽃도 꽃이요
잡초도 나름대로 쓸모가 있고
할 일이 있소이다
산짐승이 들로 내려와
몸 피곤할 때
내 품에서 잠시 쉬었다 가고
오갈 때 없는 나그네새
오다가다 인연 맺어 둥지 짓고
자식 키워 대도 이어 가고

소낙비가 땅을 할퀴고 지나갈 때
온몸으로 막아내어 땅을 지켰는데
아무도 몰라주네
유월에 피는 꽃 이름만 하나 남기고
아무도 몰라주는
무명의 한만 남긴 채
바람에 흩어지고
세월에 지워진다

2024. 6. 9.

행복하다

베틀에 명주실 이어가듯
오늘도 하루에 삶 노동을 끝내고
살아 있는 사람만이 느낄 수 있는
아름다움을 감상한다 어둠은 물감이 풀리듯
연기자락 실올같이 나풀나풀 풀리고
산언덕 위에 살짝 걸린 초승달은
여인에 옷소매 밑에서 살짝 얼굴을 내민
약속에 증표 실금 가락지처럼 반짝거리고
하늘에 뭇별들은 어린아이 이빨 솟아나듯
어둠 속에서 돋아나 반짝거린다
하루 일을 마친 개구리들은
일 년쯤 못 보다 만난 연인들이 만난 것처럼
주고받는 수다거리 말이 하도 많아
그 말들을 모아 쌓아 놓으면 앞산보다도 더 높겠네
어둠이 살금살금 짙어지는 여름밤 감상에
귀갓길은 늦어지고 있는 정성을 다해
저녁밥을 지어 놓고 기다리는
아내의 독촉 전화에 집으로 돌아오는 길이
걸어서 오는지 날아오는지
가로등 불빛만큼 밝은 마음으로 행복하다

2024. 6. 10.

헛웃음

인생은 늘 새로운 경험에
모험 길이다
나이를 먹어가다 보니
매일매일 같은 날 같아도
어느 날부터 문득
다른 느낌으로 다가와
적응할 때쯤이면
또 다른 모습으로 바뀌고
할매, 할배들에 모습이
바로 나의 모습이었네
어제는 손가락을 많이 사용했더니
전에 없던 뼈마디가 아프네
이제는 늙음에 현실을 느낀다
내가 벌써 이렇게 되었나 하고
헛웃음이 나네

2024. 6. 10.

추억 속의 너

농번기 바쁜 일은 끝나고 소금을 말리듯
강한 햇살이 여름 땅을 구울 때
햇살이 무서워 일할 엄두도 못 내고
한가로움이 심심해 그네를 타고 놀 때
게으름으로 여유를 부린다
여름날 산 넘어 소나기구름 일어나듯
한순간 불고 지나가는 바람처럼
문득 옛날 추억에 향수가 너를 부른다
너에 대한 그리움이 폭포수같이 마구 쏟아져 들어와
평온한 마음에 평지풍파를 일으킨다
뒤죽박죽 섞인 내 마음은
가랑비에 옷 젖어 들 듯 보고 싶으므로 흠뻑 젖는다
인생 고개를 몇 고개나 넘어왔는데
얼마나 많은 시간을 가르고 달려왔는데
아직도 그때 그 생각이 나의 발목을 잡고 늘어진다
좋았던 시절 그 기억이 소여물 되새김질하듯
이쁜 모습으로 다가와 내 옆에 선다
어릴 적 희미한 기억은 아침이 밝아오듯
나이가 들어가니 오늘 일처럼 밝아오고
지금은 보이지도 있지도 않은 그 시절
생각 속에 빠져 커피 한 잔으로 마음을

촉촉이 적셔본다
어미를 부르는 비둘기 소리는
지금 이 시간을 꽉 채우고
나는 추억 속에 이쁜 너 생각으로
행복을 꽉 채운다

2024. 6. 10.

아침의 소리

하얀 안개는 해돋이 보러
산마루에 올라앉아
붉게 떠오르는 해 덩어리를 받아 들고
뜨거운지 얼른 던져버리고
날아온 태양은 모내기 한 논물에
풍덩 빠진다
쨍그랑 유리창 깨지듯
잔바람에 물결이 일고
깨진 햇살의 파편은
동서남북으로 날아가고
놀라서 바라보니
하늘에 뜬 진짜 태양보다
논물에 빠져 헤엄치는
가짜가 더 눈부시다
하지가 코앞이라 태양에 기세는
하늘 높은 줄 모르고
콧대가 높다
붉은 아침 해가 솟아오르는 걸 보니
오늘은 무척 덥겠네
햇살이 이제 막 출발에 신호로
호각 소리를 불었는데

언제 나왔는지 들녘에는
마늘, 양파 캐는 사람들
논 물꼬 보러 온 사람들
유모차 끌고 운동하다
힘에 부쳐 한숨 돌리며
아침 이야기를 나누는
할매들 모습에서
부지런한 사람들에 모습을 본다
아침 식사거리로 뭐 있나 하고
논바닥을 더듬는 왜가리
늦을세라 비행기 소리를 내며
날아가는 오리 떼 소리가
모두 다 바쁜 아침에 소리네
반칙 아닌 부지런함에
전깃줄에 앉은 참새떼들
한 술 더 떠는지 어이가 없는지
뭐라 뭐라 중얼거리는데
뭔 말인가 모르겠고
내 생각에 사람들이나
날 짐승들이나
그 부지런함에 어리둥절하다

2024. 6. 11.

어설픈 농사꾼

유월 아침햇살에 살구 볼살은
주황빛깔로 곱게 익어가고
저 살구가 다 떨어질 때까지
수시로 사람들이 드나들어
반질반질 길이 나겠네
노란 호박꽃이 아침햇살을 받아
큰 입을 벌리고 꽃가루를 인심 좋게
펑펑 날리고 있다
꽃가루 한 잎 얻어먹어 보겠다고
벌도 나비도 줄을 서고
벌, 나비가 먹다가 흘린
부스러기를 개미가 횡재했다고
주워 들고 의기양양 기분 좋게
집으로 돌아가고
새벽이슬의 부드러운 꼬드김에
피어난 파란 나팔꽃은
유월의 뜨거운 땡볕에 얼굴을 가리고
돌아 앉아있네
부는 바람에 그네를 타는
나뭇가지에 앉은 비둘기는
무슨 생각을 할까?

오늘은 마늘을 뽑으러 갈까?
참깨를 심으러 갈까?
커피 한 잔 다 마시도록
이래볼까? 저래볼까?
갈팡질팡하는 나는 어설픈
농사꾼인가 보다

2024. 6. 11.

아침 편지

둥지에서 엄마 품 밑에서
개구쟁이 참새 새끼가
며칠째 고개를 내밀어
둥지 밖 세상을 구경하더니
오늘은 큰 결심을 했는지
둥지 끝에서 깊은 생각에 잠기더니
돌아서고 또 나와서 한참을 두려움으로
망설이는 눈치인데
그중에 한 놈이 불쑥 뛰어내린다
생각이 짧은 놈인지
간이 큰 놈인지
모르겠지만
그 용기 한번 대단하네
이판사판인지 죽는지 사는지도 모르고
덩달아 하나, 둘 마당에 뛰어내리고
작은 날개를 폈다 접었다를 반복하며
어미 얼굴 빤히 쳐다보며
짹짹거린다
키워줘서 고맙다고 인사를 하는 걸까?
아니면 작별 인사를 하는 걸까?
이별에 헤어짐은 싫다

왜냐면 이별은 슬퍼서 가슴이 아프고
눈물이 나니까
참새 가족들이 평생 함께 오순도순 사이좋게
살았으면 좋겠네
이 작은 바램으로 아침 편지를 쓰네

2024. 6. 12.

새 떼

어슴새벽이 눈을 뜨면
개울 물소리같이 대숲에서
새소리가 졸졸 새어 나와
꿈길에서 오리알 기러기알
찾아 헤매는 내 귓가로 흘러들어와
촉촉이 적시면 반복되는 불편함이
잠을 깨우고 새소리가 커질수록
지우개로 글씨를 지우듯
어둠은 점차 희미해져 간다
아침햇살이 깨우러 오기 전에
왁자지껄 도떼기시장같이
인원 점검을 마치고
어디로 가 무슨 일을 하는지 몰라도
순식간에 날아가고
어둠이 숙소로 찾아와
잠자리를 정할 때
일 나갔던 새들도 함께 돌아와
식구들 낙오 없이 무사히 다 돌아왔나?
인원 점검한다고 난리 북새통이다
작은 대숲에 수만 마리 새들이
도시를 이루고 살다 보니

새소리에 사람이 못살 지경이네
이쁜 꽃도 자주 보면 질리고
좋은 노랫소리도 자주 들으면
감흥이 없어지고 질리듯이
새 떼들이 몰려오고 몰려 나갈 때면
먹구름이 지나는 듯이
하늘이 새까맣고
날갯짓 소리가
비행기가 나는 듯 시끄럽다
아침저녁으로 새 떼들이 만나고 떠나갈 때
새 떼들의 수다 소리는 얼마나 요란한지
마누라 잔소리보다 더 듣기 싫네
새 떼들에 시끄러운 수다 떠는소리는
소음으로 들리고
삶에 일상이 불편으로 다가서니
쫓아내고 싶은 마음이 생기네

2024. 6. 13.

유월의 아침

아침 해가 나뭇잎에 햇살 분가루를 발라주면
기분 좋은 나뭇잎은 강아지 꼬리 흔들 듯
엉덩이를 살랑살랑 흔들고 모두 다 지고 없는데
금계국 속에 이리 치이고 저리 치이고
못 자라난 목이 가는 금계국이
금관같이 빛나는 노란 작은 꽃송이를 활짝 피우고
오고 가는 사람들을 반겨주는데
귀할 때 피어서 그런지 지각생이라도
우등생보다 더 돋보이네
논물이 물꼬를 흘러넘치는 논에
비료 발 받은 모 다리가
닭 다리만큼 튼실해져 가고
기운이 차 하늘을 향해
기세등등한 폼이 씨름판에서 장사가 된 듯
활기찬 그 모습 한 번 더 되돌아본다
산속 뻐꾸기는 국회의원 출마라도 할는지
여기저기 날아다니며 아침 인사를 열심히 하고
참새들 수다 소리에 장독마저 들썩 들썩이는
유월에 삶은 태양에 기세를 닮아
모두 다 활기차다

2024. 6. 13.

믿음

바위가 있다 나이는 천년을 먹었는지
만년을 먹었는지 모른다
알 수 있는 것은 밤이나 낮이나
오고 싶을 때 아무 때나 와도
볼 수 있다는 진실은
세월이 흘러도 변함이 없다
믿음 또한 이와 같다
조건이 바뀌어도 시간이 흘러가도 변하지 않고
한결같은 약속이 믿음이지
믿음은 삶에 주체이고 살아가는 이유가 되고
인생을 전부 다 주어도
아깝지 않은 보물이다
믿음은 행복을 준다
인생의 삶에 전제조건이
믿음을 바탕으로 그 위에
작은 액세서리를 꾸미며
하루에도 몇 번씩 변덕을 부려
붙었다 뗐다 희로애락
오욕칠정에 굿판을 벌이고
그렇게 화려하게 피었다
지고 마는 것이 인생이다

2024. 6. 14.

오늘 바램

쏜 화살처럼 유월의 뜨거운 태양은
시간을 뚫고 하늘을 나르고
알게 모르게 먼지 쌓이듯
어망망테에 물고기 담기듯
시간이 쌓여 예쁜 추억도 만들고
쓰라린 기억도 저장하여
인생 역사책을 쓴다
문득 잊고 있다가 뒤돌아보면
소중한 것이 내 뒤에 바로 서 있어
기쁘게도 한다
놓치고 있었는데 신경을 덜 쓰고 있었는데
제대로 잘 자란 그 모습 보고
깜짝 놀란다
아침에 창고로 올라와
손주 녀석이 심어 둔 백일홍이
꽃봉오리를 머리에 이고 와
선물이라고 내밀고 서 있네
가물어서 타 죽을라
얼른 물을 줘야겠네
죽이면 할배 체면이 말이 아니지
매일 이렇게 일상은 할 일이 천지이고

그렇게 의미가 있든 없든 세월은 간다
의미 있는 날로 모으면 저축이 되고
의미 없는 날로 보내면
낭비가 된다
오늘은 의미 있는 날로 보내
인생에 추억이 있는 한 페이지가
되었으면 좋겠네

2024. 6. 14.

그녀를 위한 기도

어느 날 우연히 삶의 교차로에서
그녀의 삶 이야기를 듣게 되었네
그녀의 삶은
파도가 넘실대는 망망대해에서
등대도 육지도 섬도 보이지 않는 곳에서
짐을 가득 싣고 검은 연기가
돛대가 되어 물에 헤엄치는
통통배 같았고
사막의 여행자가 낙타 한 마리에
삶에 운명을 싣고
그 무엇인가를 찾아 떠돌아다니는
외로움에 지친 집시의 눈망울이었소
입술을 떨며 감정 없이 말하는 이야기는
감정 없이 우는 눈물에 이야기인 것 같았고
그 이야기는 칼날에 베이어 뚝뚝 떨어지는
핏방울같이 한마디 한마디가
내 가슴을 후벼 파는 창이 되어
나의 감정에 피가 출출 흐르는
아픔으로 다가서고
그녀의 절규는
비석에 글을 새기듯 새겨지고

방랑자의 그 서러움이
눈물이 되어
내 감정을 다 떠내려 보내고
이재민이 되어 집으로 돌아와
한 밤을 자고 나서도
일상의 감정으로 못 돌아서고
불쌍한 그녀의 삶에
하나님의 축복이 내려져
앞길에는 끝없는 꽃길만 이어지기를
기도해 보네
사람들이 살아가는 앞길에 전쟁 이념의 분쟁
인격이 사라진 사라진 세상은
모두 다 물러가고
사람이 위아래가 없이
서로 존중하는 사회
법보다 인간 도리가 근간이 되는 사회
사람들 모두가 자기 일인 듯
상부상조하는 아름다운 사회가
빨리 오라고
하나님께 마음을 다해 기도한다

2024. 6. 15.

세월 참 빨리 간다

아침 해는 오늘도 잊지 않고
나를 찾아와
안녕이라고 아침 인사를 건네고
일기예보에 오늘은 비가 온다고
광고했는데
비 올 징조는
눈곱만큼도 없어 보이고
아마도 헛다리를 짚은 듯싶고
인간이 아무리 날고뛰어도
천지조화의 비밀에 묘수를
알아차리기에는
한 수 부족해 공부를 더 해야
할 듯싶네
두 달째 죽어라 햇빛만 쨍쨍거리며
비다운 비를 구경 못 한
옥수수밭에는 옥수수가 나 죽는다고
아우성치고 야단이고
물 한 모금 동냥을 청한다
샘을 찾아 물 뜨러 가는지
아침부터 개미 떼들에 긴 줄은
아프리카 부족들이

몇십 리 물 길으러 가는 모양 같고
축 처진 잎새에 백일홍 꽃망울이
피어 볼까?
말아 볼까?
망설이며 내게 자꾸 눈치를 준다
마음이 딱해 물 한 바가지 퍼
화분이 넘치도록 주고 돌아서니
언제 그랬냐는 듯이
잎을 똑바로 세우고
당당하게 햇살을 받아들인다
오늘도 더울 듯싶네
더워도 게으름 안 피우고
언제 물고 갔는지
벌써 나의 삶
일주일어치를 세월이 다 물고 가고
마지막 봉투를 뜯고 있구나

2024. 6. 15.

오늘도 행복하시게나

하늘과 땅의 사랑 이야기
밤이슬 방울에 달빛 가루 별빛 가루를 섞어
세상에는 없을 듯한 비법으로
고운 물감을 만들어 사모하는 마음에
정성을 다해 곱게 곱게 물들인
꽃 한 송이를 들고
아침이면 마주 대하는 나에게
선물이라고 손에 건네주고
참새들의 박수 소리 조명등같이
밝게 쏟아지는 유월의 햇살
올해 첫 꽃을 피운 너의 모습을 보니
매일 물 주고 잡초 뽑아 주고
키운 마음 보람으로 뿌듯하구나
너를 말없이 바라보면
너도 말없이 밤새 풀벌레가
나누는 알콩달콩한
사랑 이야기며
한여름 밤에 마실 나와
속닥거리는 동네 아줌마들에
비밀 이야기를 알려주는 듯하고
사랑하는 연인의 품에 안기듯

너의 고운 꽃잎에 벌 한 마리 되어
예쁜 빛깔 속으로 풍덩 빠져
행복에 취해 있을 때
뻐꾸기 소리는 광장에 선 시계탑 시계 모양
여름에 낭만을 알리는구나
한 주일이 가고 또 가니
유월도 반 고개를 넘어섰다
인생 삶에 취해 정신 못 차리고
어느 순간 죽음에 문 앞에 서면
놀라 자빠져 혼비백산할 내 모습
상상해 보니
이제는 이승에서 삶에 욕심
조금 내려놓고 그 빈자리에 저승 살림살이
조금씩 실어야겠네
준비 없는 이승에서 삶
남보다 잘 살려고 하니 힘들더라
그래서 미리미리 조금씩
저축해 두려고
오늘도 모두 다
행복하시게나

2024. 6. 17.

여름은 괴로워

벌써 덥다
언제 갔나 싶은데
날씨는 여름에 들어서고
온갖 해충들이 제철 만났다고
무법천지로 날뛰고
유월에 태양 아래
반들반들 잘 구워진 몸
어디서 고소한 냄새라도
나는지 모기도 하루살이도 깔따구 진드기도
한편이 되어 먼저 고기 한 점
싱싱한 피 맛 좀 보자고 달려들어
죽기 살기로 매달려 육 보시 좀 하라고
난리 아닌 난동을 부린다
그 고기 안 빼앗기겠다고
붉게 부풀어 오른 피부는 못 살겠다고
상소문이 연신 올라오고
간지러움으로 긴박한 긴급 구조를 알리고
사후약방문이지만 더 안 뺏기려고
살충제 모기약, 파리채며 무기를 들고 대항한다
그 간지러움에 원망은 두고두고
영혼을 갉아먹듯

인내의 고통을 맛보여준다
참다 참다 못 참고
피가 나도록 긁어 상처가 덧나도
간지럽다
당한 자의 괴로운 고통이다
빼앗고 빼앗기고 약육강식의
생존경쟁 아래서
삶이 힘들다고 했는가 보다
너도 주고 나도 주고 서로 돕고 사는
상생의 조화로운 세상은
어느 님이 만들어 주나
그 님이 얼른 와 부조화하고
불편한 이 세상들을 확 바꾸어 놓았으면
좋겠네

2024. 6. 17.

출근길

물안개는 밤새도록 소꿉장난하다가
아침햇살을 타고 하늘로 올라가 구름이 되어
가고 싶고 내리고 싶은 곳을 찾아가고
항공모함 물살을 가르며
망망대해를 미끄러져 가듯
새끼 거느린 위풍당당한 어미 물오리
벼 포기 사이로 헤엄쳐 가면
잔물결이 햇살에 파도를 탄다
물결이 전해오는 생동감에
일하고 싶은 마음에
내 심장이 뛰는 속도가 빨라지고
이슬 머금은 다양한 백일홍의
앙증맞은 꽃송이는
첫 데이트에 만난 아가씨에
수줍은 웃음 같이 마음 설레게 하고
촉촉이 젖어오는 감성은
기분을 들뜨게 한다
새들이 불러주는 아침 노랫소리는
천사들이 부르는 합창 소리같이
마음에 쓰레기를 말끔히 치워
백지상태로 만들어 주고

실바람에 살랑거리는 나뭇잎에
가벼운 춤사위는 햇살도 쉬어가고
오늘은 좋은 기운이 몰려와
흰 눈이 하늘하늘 내리듯
뭔가 모를 좋은 일이 생길 것 같은
기분 좋은 예감이 출근길 발걸음을
가볍게 한다.

2024. 6. 18.

고독과 평상심

빼앗긴 막대사탕의 달달한 느낌처럼
허기진 마음은
갈증으로 목이 타고
일상에 허전함은
굶주린 늑대처럼
온 사방을 헤집고 다닌다
외로움은 보고픔으로
바람에 팔랑이는 나뭇잎같이
쉼 없이 흔들어 대고
그 보고픔 잊고자
외로움을 허리가 아프도록
열심히 퍼내어도
눈금 하나 표시 없고
이래도 안 되고
저래도 안 되고
방법이 없네
겨울날 찬바람에
몸속 뼈마디가 아려 와도
욕망을 향한 그리움과 아쉬움은
땡볕에 갈 길을 잃은 개미 돌아다니듯
우왕좌왕 쉼 없이 들락거리고

몸도 마음도 더 이상 갈 곳이 없어
도망가길 포기하고
구도자의 명상처럼 방어벽 허물고
죽은 듯이 눈을 감고
욕심이 물어 떼든
아쉬움이 난동을 부리든
외로움이 기둥뿌리를 빼가든
강 건너 불구경하듯
남의 일로 내팽개치고
모든 걸 다 내어주니
반항 없는 저항에 재미가 없는지
그렇게 거세게 날뛰던 모든 괴로움도
불이 난 들판처럼 말끔히 정리되고
봄날에 하나둘 새싹 올라오듯
바늘귀 실 물어 나르듯
삶은 한 땀씩 어제와 오늘을
다리를 놓아 연결해 가고
새로운 일상의 하루 윤회가
오늘도 어서 가자고
손잡고 나서네

2024. 6. 19.

이상 기후

오늘도 비 온다는 소식은 없고
올봄에 심어 둔 나무는
어머니, 아버지, 하나님까지 찾는다
날씨가 얼마나 건조한지
피기도 전에 예쁜 색깔은 햇빛에 바래여
히덕시리 누루구럼한 거지꼴로
장미꽃잎이 말라
미이라가 되었네
밝고 선명한 생동감은
아름다움을 마음에 심는데
추한 모습과 마른 꽃송이는
마음에 담아두지 않고 밀어내는구나
참 이상타
순차적으로 피어야 할
봄꽃이 데모라도 하듯
일시에 봄꽃이 피더니
난생처음 꽃잎이 활짝 피기도 전에 마르는 꼴을 보네
지구촌 어디에 칠십삼 도까지 올라갔다고 하니
안 믿어지더라
인간들 세상살이도 끝장이 가까워졌나 보다
세상이 수상하니

기분은 좋게 마음은 편안하게
욕심은 줄이고 그 여유분을
행복으로 채워 보시게나
아웅다웅해 봤자
인생 욕심 곱하기는 결국 영이더라

2024. 6. 19.

지나간 사랑에 흔적

맛은 느낌으로 안다
달고 고소한 맛은
배 속으로 얼른 들어오라고
끌어당기고
쓰고 맵고 신 맛은
목구멍 검문소를 통과하기 힘들다
갖가지 핑계로 막기 때문이다
습관처럼 마시는지
중독된 카페인의 유혹인지 모르겠지만
쓴맛 한 잔의 커피는 얼음을 녹여가듯
목구멍을 살금살금 숨어들어 가고
혀 보초는 늦게사 눈치를 채고
쓴맛 목덜미를 낚아채려 하지만
쓴맛의 도움 끈 침의 꼴까닥 넘김에 속아
때늦은 후회를 하고
멍하니 즐기는 시간과의 씨름은
쓴맛의 숨바꼭질에 고구마 뿌리 캐듯
줄줄이 이어 나오는
지난날의 회상에 미소도 짓고
아쉬운 탄성에 쓴맛을 보며 입맛을 다신다
남자는 지나간 사랑에

그것을 추억 속에 감추어 두고
담배 피우듯 잊었다 싶으면 문득문득 꺼내보고
담배 연기 허공에 내뿜듯
마음속으로 삭힌다
여자는 사랑이 소리 없이 지나갈 때
울고불고해 눈물로 가슴속에 묻는다
비가 와 패이고 삶이 힘들어
아랫돌 빼 윗돌 받침 할 때
그 서러움에 눈물이 날 때
눈물 속에 녹아 있던 그 사랑 그림자 보이고
남자는 멍 때리고 있을 때
그 사랑이 그리움에 몸살을 하고
여자는 감정이 잔잔하고 한가할 때
아린 감정이 가슴을 타고 들 때
지나간 그 사랑 꺼내보고
미운 사랑으로 저장한다
인생이 살아온 길
어찌 흔적이야 남지 않겠냐만
그중에 지나간 사랑에
흔적이 제일 크더라

2024. 6. 20.

용기

하루쯤 쉬어 갈는지
날씨는 흐리고 어찌나 결단력이 없는지
우물쭈물 망설이는 모습이
내 모양같이 생각이 많구나
모든 일이 바램대로 안 되지만
유월의 땡볕에 시달린
초목에 목마름은 하나의 소원만 남고
하늘만 바라보는데
그 마음 몰라주는 하늘이 야속하네
마른 숲에서 뻐꾸기도 노래하고
비둘기도 노래한다
기쁜 노랫소리인지 슬픈 노랫소리인지 모르겠지만
오늘도 살아 있음을 알리는 소리네
날씨가 워낙 가물다 보니
꽃송이도 아주 작게 피어나고
꽃을 품고 있는 잎사귀도 작다
아마도 희망이 없다 보니
의욕을 포기했나 보다
삶의 절반은 운이고 그 반쪽은 의욕인데
삶이 힘들 때는 용기란 알약이
꼭 필요한가 보다

2024. 6. 20.

모 험

꿈을 가진 사람이 꿈을 이룰 수 있고
소원을 가진 마음에 힘이
그 소원 현실로 만들어 준다
천 리 길도 처음 한 걸음으로 시작한 역사이고
노력 없는 성공은 없다
노력은 힘든 육신의 고달픔을 요구하지만
욕구를 채워주면 성공으로 보답하고
세상에는 공짜 없듯이
모든 물건에는 값이 있다
반드시 대가를 치러야 내 것이 되지
공짜는 영원히 남의 것이다
오늘도 새들은 노래하고
꽃들은 피고 지고
개미는 열심히 일을 한다
누가 승리자인가?
부지런한 자가 승리자란다
알을 품어 봐야 병아리가 되든
썩은 달걀이 되든 결판이 나지
안 하는 일보다 헛일이 될 것을
뻔히 알아도 해 보는 것이 훨씬 낫다
모험은 살아 있는 자만이 할 수 있는 특권이니까

2024. 6. 21.

세월이 너무 빠르다

그대 얼굴 한번 보고 나면
일주일이 훌쩍 지나가고
몇 마디 주고받는 말도 없었는데
어린아이 이 빠지듯
하루는 어느 순간 없어지고
빈손만 남네
시간 버스 지나가듯
태양이 몇 번 지나가고
달빛 별빛이 며칠 땅따먹기 놀이 즐긴다 싶더니
순식간에 일주일 흘러가고
일주일을 다섯 손가락
다 꼽기도 전에 날짜는 한 달을 꽉 채운다
이 시대가 고속열차 달리고
비행기 왔다 갔다 날아가
공간거리 축지법으로 소통하니
누구의 장난인지 몰라도
시간에 양마저
덩달아 줄어든 것 같네
나는 세월 따라갈 힘도 없는데
이 일을 우짜노
세월아 내 사정 좀 봐줘

나를 내려놓고 가든지
아니면 천천히 태워 가다오
속도가 너무 빨라 어지러워
적응이 힘드네
시간에 작대기 부여잡고
애원도 해 보고
협박도 해 보지만
세월은 눈썹 하나 까딱하지 않고
앞만 보고 내빼는 시간은 인정사정없고
재판의 판결문처럼 되돌릴 길 없네
지나간 화려했던 젊음을 그리워하고
세월의 농간에 청춘이
금이 간 깨진 그릇 늙음을 들고
지나가는 무심한 세월 놈
바짓가랑이 단디 부여잡고
목숨 줄을 동냥질하는구나

2024. 6. 21.

행복이 눈을 뜬다

밀물처럼 밀려오는 어둠에 밀려
타작 끝난 들 논에 밀짚 보릿짚 태운 연기는
동네로 물려와 진을 치고
그 구수한 향은 응원군을 불러 모은다
어둠이 물 차오르듯
세상을 꽉 채우면
밤의 향연은 시작되고
풀숲에서 우렁각시가 먼저 나팔을 불 듯
고음으로 노랫가락을
한 구절 두 구절 풀어내면
풀 가지에 걸터앉은 풀벌레 총각이
가슴 울리는 중저음으로
답가를 부르고 우렁각시 노랫소리는
별빛을 물어 다 놓고
풀벌레 총각 노랫소리는
달빛을 메고 가니
떡 본 김에 제사 지낸다고
흥이 오른 개구리 처녀, 총각이
저녁 먹고 나온 동네 사람들을
마실길로 불러내고
농사일로 고달픈 유월이지만

여름밤에 낭만이 이어주는
이웃 간에 정은 삶에 연결고리를
더 탄탄하게 만들고
가로등 불빛 아래서
봄철 내 잘 지은 채소 씨앗
아낌없이 나누는 이웃 간 사랑에
모두 다 마음이 훈훈하다
남산만큼 마당에 수북이 쌓이는
알곡들은 금싸라기 같고
소중하고 소중한 것을 가진 마음은
웃음과 여유를 가진다
웃음과 여유가 생길 때
봄날 감자 싹 돋아나듯
행복이 눈을 뜬다

2024. 6. 21.

궁금해지네

인생은 시곗바늘 위에서
오욕칠정이 부르는
노래에 따라
삶을 저울질하고
선택의 결과에 따라
울고불고 난리를 친다
고달픈 육신의 삶에
마음속 생각은 늘 혁명에 깃발을
올려 볼까?
내려 볼까?
망설임으로 변화의 기회는 놓쳐버리고
때늦은 후회를 한다
마음속 영혼은 자유의 날개를 달고
힘닿는 데까지 자유롭게 날 수 있는
세상을 원하는데
인간의 삶에서 그런 일이 어디
호락호락 이루어지겠는가?
그 자유를 위해 인간은 수많은 방법을 찾아
방황하다 깨달음을 찾아
정착한다
하루에 한순간에도

수많은 생각이 머릿속으로 배달되면
채로 돌 걸러내듯
필요 없는 잡념 내버리고
삶이 밀어 올린 필요한 것만을
뽑아 올려 때론 성취에 기쁨도 얻고
좌절에 눈물로 홍수도 난다
굴러가던 돌멩이도 힘이 빠져야 멈추어 서듯
의욕만으로 아무리
허공을 칼질해 본들 힘만 빠지고
손에 주어지는 소득은 없고
그 힘 다 빠져
기진맥진하면 현실에 주어진
나의 동냥밥 그릇을 받아 들고
이제사 내 분수를 알고
고분고분 오늘도 모난 돌을 들고
인생 탑 안 무너지게 요리조리 힘겹지만
재미있게 쌓아간다
그대는 오늘 둥근 돌 네모진 돌
아니면 세모진 돌을 쌓을 텐가?
당신이 선택한 일이 궁금해지네

2024. 6. 21.

전자올겐

저녁을 먹고 나니
어둠이 조금씩 조금씩
알게 모르게 짙어가면
도깨비와 씨름하듯
잠과 씨름을 하다
눈꺼풀 무게를 못 이겨
나도 모르게 초저녁잠에
서리 맞은 초목처럼
저항 없이 잠 속으로 쓰러지고
한숨 자고 일어나니
아직도 밤에 길이는 끝이 안 보일 만큼
많이 남아 있어
지루한 시간 비위 맞춘다고
이것저것 다 끌어 대령시킨다
그러다 전자 오르간의 매혹적인 목소리가
물 흘러가듯 지루함을 어르고 달래며
감성을 한 올 한 올 풀어가고
약간에 흥이 오른 마음은
리듬에 몸을 까닥거리고
귀와 눈은 한물간 청춘을 데리고 온다
회상의 그림자에 비치는 그림은

아득히 멀어져간 젊은 추억을 되새기고
또다시 한 번 젊음에 주문을 외워본다
흘러가는 세월이 다 퍼간 청춘에 웅덩이에
마른 감정에 실금이 가고
굳어진 진흙뻘같이 뻣뻣한 낭만의 마음에
물이 새어 들어오듯
음악 소리는 빈 마음을 살살 채워오고
방안에서 마음은 삼천리를 다 다녀온다
잠 안 오고 혼자 있을 때
조용히 즐기는 혼자만의 즐거움에
달빛도 궁금해 창을 열고
신기해 구경 들어오고
여름밤 풀벌레 영감도
한 수 배워보겠다고
줄을 서 차례를 기다리는구나
오늘 밤은 전자 오르간 음악감상으로
마음을 내어주네

2024. 6. 22.

나도 모르겠네

하루종일 무슨 생각
무슨 놀이로 하루를 보내는지 모르지만
나란히 누워 잠이 든 아이 얼굴을 본다
세 살, 여섯 살 병아리 새끼만큼
예쁘고 귀여움이 가슴을 저밀고 들어온다
엄마가 보고파 그리움으로
눈물은 지도를 그리다 말라 붙어 있고
더덕더덕 얼룩진 자국에는
없는 엄마 흔적 남아 있고
자식이 이렇게 엄마를 그리워하고
이웃 할배가 봐도 그 모습이 가여워
아린 마음에 가슴이 저려 오는데
삶에 어려움이 앞길을 가로막고
경제적 궁핍이 마음을 압박해 온다 해도
같이 합심해서 헤쳐 나갈 길 생각 안 하고
전쟁터에서 싸우다 불리하니
동료 부하 모두 내 버리고 자기 살겠다고
혼자 도망간 장수는 역사 이래로
잘 산 사람이 없는데
잘 살아 보겠다고 시작해
피나는 노력도 한 번 안 해보고

더 잘 살아 보겠다고
인연 줄까지 끊어 버리고 떠나간 사람
부모 자식 간에 인연은 피를 나눈 천륜인데
세상에 이보다 더한 그 무엇이 불러서 갔나
남에 일이지만 매운 고추 먹은 입처럼
마음은 왜 이다지도 아려오는지
나도 모르겠네

2024. 6. 22.

참깨

찔레꽃 피고 그 향기가
글을 쓸 때 개미만큼 작은 하얀 씨앗이
공수부대 낙하산 타고 침투하듯
제 살 곳 찾아 땅속으로 숨어들더니
유월 땡볕에 어느 날부터
하얀 나비가 한숨 자고 가듯
꽃잎이 문을 열고 있더니
아버지 와이셔츠 잠그듯
하나둘 줄을 타고
형, 아우 참깨가 줄줄이 매달린다
장마가 끝나는 칠월 말 팔월이면
심을 때 그 작은 씨앗이
이렇게 손자 키만큼 자라고
참깨가 아래 꼬투리부터 입을 벌리면
그 고소한 향기는 뒷산 비둘기도 불러오고
방앗간에 선보러 가는 참새마저
참깨밭으로 몰려들어
동네잔치를 한다
내 몫 없어질세라
농부는 서둘러 참깨를 수확해 햇빛에
야무지게 말려 먹을 것은 곳간에 싸두고

나누어 먹을 것은 기름으로 짜
아들딸에게 보내면
고소한 참기름은 간장과 찹쌀 궁합을 이루고
갓 구운 김에 참기름 간장 한 방울이면
손자 볼 터져 나갈까? 겁이 날 정도로
밥 한 그릇 게 눈 감추듯
순식간에 밥그릇 바닥 긁어대는
소리 달가닥거리고 평소에 밥그릇을
소 닭 쳐다보듯 관심 없던 아이가
밥 한 그릇 더 달라는 소리에
과식할까 싶어 걱정이 앞서네

2024. 6. 22.

장 마

고민 많은 사람들
머릿속 생각만큼 하늘에 구름은
모였다 흩어지기를 반복한다
장마철이다
어제부터 시작한 장마는 맛보기로
살살 곱게 내리더니
오늘은 구름만 오갈 뿐
세월아 어서 가자고
회초리는 들지 않네
가물어서 못 하고
이제나저제나 하고 대기상태에 있던
농부는 콩 모종, 깨 모종하느라고
바쁜 모습이고 어제 하루 종일 내린 비로
비가 새는지 비둘기는 나뭇가지 물어다
지붕 수리한다고
바쁘게 들락거리네
올해 첫 꽃대를 뽑아 올린
백일홍도 좋은 시간에 첫 개화한다고
비 안 오는 틈을 타
꽃봉오리를 피웠고
언제 연락을 했는지

장사 개시 개업 집 손님 찾아들 듯
용하게 벌, 나비가 찾아들어
축하 인사를 나누네

2024. 6. 23.

엄마 제사

벌써 이렇게 되었나 하고
손꼽아 헤아려보니
21년이 훌쩍 지났네
벌써 강산이 두 번 변했을 시간이네
강산이 두 번 변하니
지금 상황이 엄마가 돌아가시기 전
그때와 비슷한 상황이구려 나와 딸 손자 나이가
하루하루가 흐지부지 떨어지는 꽃잎처럼
간 곳은 몰라도
세월은 또렷이 달력에다 날짜를 새기고
여태껏 삶이 바빠 허덕이다
큰아이 초등학교 입학하니
조금 여유가 생겨 오늘이 할머니 기일이라고
제사 지낸다고 사위와 손자 딸이 왔다
제상을 차려놓고 이름도 얼굴도 모르는
손자와 사위가 정성 들여 절을 한다
내 앞에서 엄마 제사상에 절하는 내 손자
둘을 보니 뿌듯하고 대견스럽다
제상에 술 한 잔을 천천히 부어 권하며
엄마에게 귓속말한다
엄마 살아생전에 늘 아들이 없다고

자식 앞날 걱정에 마음 아파해도
이렇게 제사상 앞에 손자 녀석 두 놈이랑
아들만큼 튼실한 사위가 절을 하고 있소
마당 개는 자기가 낳아서 키워요
키우다 보니 정으로 키우는 거지요
남자 여자 성이 중요한 것이 아니라
설령 남이라도 정이 더 중요한 것 아니겠소
하며 술잔을 따른다
참 기분 좋은 일이다
부모·자식 손녀의 인연으로 만나
그 인연 줄 끊어짐 없이
이렇게든 저렇게든 이어짐이
한 인간으로 세상에 태어나
책무를 다하는 일이 아니겠소
은공을 앎이 사람에 도리이고
사람이 사람다운 행동을 해야 사람이지
인간 탈 쓰고 있다고 다 사람인가요
하시던 말씀 일한 표시는 있어도
논 표시는 없다는 그 말은 어록이 되어
살아 있는 듯 지금도 생생히 들리오

2024. 6. 23.

무식이 용기다

그때 팔았어야 했는데
천정이 어디인 줄도 모르고
슬금슬금 올라가니
꿈을 꾸고 있는 듯
구름을 탄 듯
세상은 돈짝만 해 보이고
세상이 무지개빛이었는데
수익금이 타작마당에 곡식 쏟아져 들어오듯
내 통장으로 쏟아지고
조금만 조금만 더하면
욕심도 웃을 것 같은 환상의 상상에
눈은 뒤집히고 귀는 먹어
조금만 더 조금만 더 하며
기다리다 하루 자고 나면
오르락내리락 줄 당기기하다가
슬쩍 밀리고 낚시꾼 낚싯줄
당겼다 놓았다 하며
물고기 농락해 꼬셔 잡듯
큰 자석을 가진 자가
작은 자석에 붙은 쇳가루
다 빼앗아 가는 줄도 모르고
그것을 빼앗아 먹겠다고

무식이 용기라고 대들던 내가 우습구나
희망적인 뉴스에 그 희망
펌프질해 먹고 사는 업자들의
달콤한 감언이설에 속아
또 당하고 보면 후회는
늘 미련을 남긴다
다시는 똑같은 실수 안 하겠다고
몇 번을 다짐했는지 모른다
짜릿한 승부에 황홀경을 맛본 도박꾼처럼
미련에 유혹은 거부할 수 없고
좋은 공이 들어와
안타를 칠 기회는 여러 번 찾아와도
홈런을 집착하는 욕심에
삼진아웃 당하는 야구선수처럼
한 방에 대박을 노리는 욕심에
놀림감이 되어 오늘도 시세판을 바라보며
후회를 곱씹어 보지만
늘 놓친 고기는 크고 집착하는 그 생각에
세월은 가로세로 주름살을 크게 그려준다
알코올 중독자 술병을 찾듯
투자판 발 못 빼는 나는 오늘 밤도
불빛 찾아 헤매는 한 마리의 불나방인가?

2024. 6. 24.

자 식

만남과 헤어짐은 계획이 없다
어쩌다 같은 자리에 앉아 주고받는 대화가
서로에 마음을 낚아 올리고
나쁜 점은 숨겨두고 서로 좋은 점만 찾다 보니
오해보다는 이해가 빠르고
미움보다 사랑이 마음을 편안하게 한다
꽃과 나비와 벌은 서로 모양은 달라도
서로 상부상조하며 서로 등을 기대고 산다
인간의 삶도 짝을 맺어 사는 삶이
서로가 지켜주는 울타리가 되어
안정되게 잘 살 수 있다.
마주친 눈길이 웃음이 되고
그 미소는 손을 잡게 하고 잡은 손은 약속한다
약속은 믿음으로 같은 배를 타고
동고동락하는 것이 부부의 사랑이다
부부의 사랑의 결실은 피를 반반씩 나누어 가진
자식이 태어나고 태어난 사랑의 결실
자식은 인생이 맛볼 수 있는
오욕칠정과 백팔번뇌와
인생 고락을 맛보여 준다

2024. 6. 24.

지루한 날

날씨는 장마란 간판만 걸고 개점휴업 상태이고
물론 비가 와 질척거리는 날씨보다
후덥지근한 날씨가 덜 번거롭지만
좋은 것 편안한 것을 맛본 인간은
늘 비교해 불평불만을 노래 삼아 부른다
습도 높은 기온은 불쾌지수도 끌어 올린다
출근 시간 지난 거리에는 고장 난 시곗바늘
움직이듯 느릿느릿하게 시간이 간다
할 일이 없어 장작 패듯 시간을 쪼개어오늘은 무얼 할까?
싶어 머릿속으로 이 궁리 저 궁리 다 해보지만
이것이다 싶은 일 없고 의욕이 없는 하루는 바람 빠진
풍선처럼 활력이 없고 심심풀이로
전화번호를 뒤적이다 오늘 나와
입장이 같은 만만한 인연 줄에다
낚싯바늘에 점심 한 끼 미끼로 끼워
낚싯대를 던져 시간을 낚아본다
매일 매일 소득은 없어도 바쁘게 살다가 끈 떨어진 연처럼
갑자기 일정이 뚝 끊어져 버린 날 세상에 나 혼자인 듯싶고
그 불안감을 없애줄 지금보다 더 불편한 일거리를 만들어
기다리다 보니 무슨 기다림이든 기다림은
지루함을 숙제로 던져준다.

2024. 6. 25.

삶의 앞길은 모른다

삶은 늘 한 치 앞을 모른다
당장에 눈앞에 있는 문제 해결에만
급급해 찰나의 순간 주는 희로애락이
낚싯줄에 매달린 찌처럼 저울 눈금처럼
예민하게 까딱거린다
풀밭에서 명상하듯
여물 되새김질하는 소처럼
느긋한 성격이면 얼마나 좋을까?
타고난 본성은 바꿀 수도 없고
바둑판에 고수처럼 다음 수를
헤아릴 수 있다면
조금 더 느긋하게 갈 것 같은데
인생이 어떻게 설계되어 있는 줄도 모르고
좌충우돌로 살다 당하면
세상 끝 벼랑에 선 듯이
울고불고 난리를 치다
종이에 쓴 글 햇빛에 바래듯
그 기억 망각에 지우개로 표시 안 나게
조금씩 지워간다
꿈은 늘 이쁘고 좋은 꽃길이고
현실은 늘 불편한 울퉁불퉁한 자갈밭 길이라

불평불만 없이 지나가면 좋겠지만
지나가는 길 불편한 만큼 투덜거린다
영혼을 빼앗아 갈 듯한 아름다운 꽃도
갓 피어난 청춘일 때 아름답지
늙은 꽃잎은 밋밋한 나뭇잎보다 보기 싫다
얼마만큼 인생길을 더 걸어가야
늘 감사하는 마음으로
살아 있음이 고마움으로 살까
아마도 그때는 가진 밑천 다 잃어 갈 때
본전 생각 간절한 노름꾼 모양
남은 삶이 달랑달랑 방울을 울릴 때쯤 알겠지
그때는 이미 때늦은 후회의 피리 소리뿐
아무도 들어주지 않는다

2024. 6. 25.

변해 가는 시간

아침햇살은 물보라에 물방울 튕기듯
창문 너머로 튕겨 들어오고
탁란에 고수 뻐꾸기가 뒷산 숲속에서
막대사탕 준다고 꼬드기며 새끼들을 불러 모은다
유월이 여름빛에 익어가니 이른 봄에 심어 둔 옆집 아지매
밭 옥수수는 아버지 팔뚝 알통만큼 단단하고
누가 불러 줄 날만 기다리네
하나, 둘 매달린 감나무에 감도 이제는 자리를 잡고
조용히 가을을 향해 달려가고
올봄에 부화한 병아리도 날개에 힘을 올리며
어른들 흉내 낸다고 서툰 목청으로 닭 소리를 내다
아빠 닭 마음에 안 들었는지 구석으로 쫓겨나고
어미 닭은 알 낳았다고 어깨를 어쓱거리며
주인 들으라고 꼬꼬댁거리고 남풍이 나뭇잎을 살짝 들어 올리니
잘 익은 산 앵두가 엉덩이를 쑥 내민다
이슬만 먹고 살 것 같은 목이 길고
몸맵시가 날씬한 왜가리는 한여름 푸른 창공에
딱 어울리는 그림이 되어 날고
쉼 없이 조잘대는 참새 노랫소리는
누구의 잔소리 같아 모르는 체하고
내 할 일을 찾아 들로 나선다

2024. 6. 26.

술이 부르는 노래

삭은 나뭇가지 바람에 부러지듯
오늘 하루 시간도 세월의 칼날에 베여 날아가고
까치 집 짓듯이 어설프게 하루 일과를 마무리하고
어둠 속에 보이는 듯 보이지 않는 듯
가로등 불빛 속에 묻혀 집으로 돌아오고
잘 익은 막걸리 한 사발에
얼큰한 풋고추 푹 찍어 먹으면
세상일은 내 손바닥에 있는 듯 쉽게 보이고
술기운이 밀어 올린 기분은 세상을 절반쯤 가진 듯이
만만해 보이고 모처럼 마시는 술이라
배 속은 보일러를 켠 듯이 뜨끈뜨끈 달아오르고
행복 실은 열기가 얼굴로 올라오면
올라온 열기는 대장간에 쇠 달아오르듯
얼굴은 저녁노을같이 물이 들고
저녁 반주 한 잔이 세상 근심·걱정 다 쓸어가고
단 하나에 그림만 벽화처럼 남겨두었네
노쇠 젓가락으로 벌겋게 단 숯 찾아내듯
막걸리 한 잔이 찾아낸 추억은 그대의 청춘 모습이라네
세월이 흘러가도 몸은 늙어가도 변하지 않는 것은
좋은 감정에 기억은 언제 보아도 예쁜 모습으로 그 자리에
그대로 서 있는데 세월을 거슬러 못 가는 현실이 안타깝구나

2024. 6. 27.

모기와 맺은 인연

더운 여름 날씨는
기운도 녹이는지 힘도 빠지고
햇살 만난 아이스크림처럼
의욕도 없다
나무 그늘이 좋고
시원하게 흐르는 계곡 물소리가
더 잘 들린다
오늘도 세월은 흔적도 없이
어디로 가는지
흘러가는 물처럼
힘 하나 안 들이고
마음대로 오고 가고를
반복한다
보이지도 만져지지도 않는 마음은
흐르는 세월에 인연이 머물고 가는
둥지가 되어 중요한 인연은 골라 품어
애지중지 키우기도 하고
거미줄같이 가는 하루 정 인연은
탈곡해 지푸라기 쌓아 놓듯
한구석에 쌓아 둔다
인간의 삶이 주는 경험 속에

중요한 것은 인생에 뼈대가 되고
가벼운 것은 낙엽이 나무에 거름 되듯
시간들의 부대낌에 끊어진 지푸라기 인연은
삶에 거름이 된다
모기 한 마리 친구 데리고 언제 왔다 갔는지
모르겠지만 사랑에 증표 흔적만 남기고
피를 빤 곳에는 버스 지나고 손든다고
이제야 모기가 가려움에
선물 남겨두고 떠났다고
알려 주네
할 말도 많고 보여줄 것도 많은데
대꾸할 기회조차 주지 않고
떠나간 시간처럼 흔적도 없이 사라져
아쉬움에 상처는 주사 맞은 자극처럼
자꾸 부풀어 가고 찰나에 작은 인연이
가려움이라는 고통에 흔적을 남기네

2024. 6. 27.

이슬비

새벽을 울리는 소리
똑똑 한 방울 두 방울
이슬비가 모여 떨어지는 빗소리
빗물이 쌓이듯 밝음도 쌓여
아침은 어둠을 툭툭 털고 기지개를 켠다
새색시 치맛자락이 걸음을 걸을 때마다
사각사각거리는 소리에 고운 바람이 일 듯
시간이 걸어오는 발자국 따라 묻어오는 이슬비는
감성에 노래를 부른다
유월 초여름이 부르는 감성에 노래는
젊음에 부드러움이고
부드러운 기운은 하늘을 떠받치는 기둥이 되고
내가 너에게 오라고 손짓하는 몸짓이 된다
이슬비 스며든 땅은 아이 입속 사탕처럼
천천히 굳은 땅을 녹여 엄마 마음같이
모든 걸 받아들여 늦잠 자는 아이 깨워 학교 보내듯
때 늦은 씨앗 어서 일어나라고 깨우네
이슬비 내리는 유월의 아침은 생기가 철철 흘러넘치고
나는 명상에 젖어든 구도자처럼 모든 일정 다 내려놓고
새벽이 낚아 올린 아침을 받아 든다
올챙이 헤엄치듯 미풍에 흔들리는 촛불같이

운치 있게 내리는 이슬비는
나에게 반갑게 달려오는 손녀같이
아롱아롱 춤을 추며 다가오는 듯싶고
이슬비가 무거워 끙끙거리며
힘쓰는 꽃잎을 바라보니 웃음이 나고
기분 좋은 삶에 여유를 가지는 아침이네

2024. 6. 28.

빨리 가는 세월이 무서워

누가 말하지 않아도 약속을 정하지 않아도
아침 햇살은 어제 그 시간에
잠을 깨우고 참새들이 부르는
아침 찬가를 듣게 해준다
구름 낀 흐린 날씨는 누가 말 안 해도 이제는 알겠네
짐을 지고 있는 듯 진자리에 누운 듯
몸이 무겁고 뻐근한 것이
나이 먹어가는 현실을 이야기하는 듯하고
오늘도 삶은 내 이름을 불러주니 고맙고
그 부름에 반가움으로
오늘 해야 할 일거리를 찾아 들로 나서고
밭둑 울타리에 반쯤 기대어 피어난
흑장미가 불꽃이 타듯 이글거리고
용기없어 고백 못 하고 고백할까? 말까?
망설이는 처녀 가슴 타듯
강렬한 붉은빛으로 타들어 간다
자주자주 안 찾아 주는
서운한 마음 말하는 듯하고
그 짙은 색깔 향기의 매력에
할 말을 잃었네 왜 내가 몰랐던고
다시금 쳐다보고 향기 맡아보고
그 소중함을 알겠네

나뭇가지에서 우왕좌왕 새소리가 시끄럽다
물까치 무리가 모여 회의 중이네
오늘은 어디 가서 한탕 털까?
동쪽으로 갈까? 서쪽으로 갈까?
의논이 안 맞는지 시끄럽게 떠들다가
두 패로 갈라져 날아가니
세상이 조용하네
전깃줄에 홀로 앉은 비둘기는 약속 시간 늦은 임을
기다리는지 어제도 오늘도
이 시간에 그 자리에 앉아 있네
지팡이를 짚고 지나가는
팔십 난 노인을 바라보니
요즈음은 사는 세월이 너무 빨리 가서
무섭다 십오 년 뒤 내 모습이다 싶으니
힘이 쭉 빠지네
이 일을 어이할까? 어쩔까나?
우야 둔 둥 몸에 좋은 것 잘 챙겨 먹고
인정사정없는 세월 놈에게 눈에 안 띄어
눈퉁이 맞지 말고
잘 피해 다녀야 하겠네

2024. 6. 29.

사람 속마음

참았다
쏟아지는 눈물처럼 비가 온다
떨어지는 빗방울은
나뭇잎에도 내리고 꽃잎에도 내린다
오랜 가뭄 끝에 오는 비라
백일홍 꽃도 옥수수도 배롱나무도
모두 다 비를 맞고 서 있네
빗방울에 털 젖을까 봐
우리 집 개는 개집에 들어앉아
비 맞고 돌아다니는 주인
개는 눈동자만 주인 발걸음 따라 왔다 갔다 하고
마른 날 대문에
사람 그림자만 보여도
용렬스러운 시어머니 며느리 간섭하듯
짖어서 난리굿을 피우는데
개도 비 맞고 일하러 지나가는 사람 보고
나보다 못한 놈 지나간다고 모른 채 고개를 돌린다
말 못 하는 개도 인정이 있고
쉼 없이 흘러가는 물도 쉬어가는 곳
뒤 돌아보는 곳도 있는데
무소식이 희소식이라고

연락도 없는 염치 없는 사람
관심이 없는 건지 무심한 건지
그 사람 속마음은 알다가도 모르겠네

2024. 6. 29.

낙방 거사

어디서 만나 어떻게 무슨 소식 듣고 몰려왔는지
하늘을 가린 구름은 얼마나 많은지
자로 그 넓이 깊이를 잴 수 없어
그 크기를 모른다
농우 소 밭 갈 듯
장맛비는 오래 살아온 구도자에
평정심같이 밤낮 구분 없이 꿈쩍도 안 하고
한결같이 내리고
내리는 빗소리는 물 고인 땅에
맛있는 찌개가 끓듯
보글보글 낭만에 거품을 일으키고
눅눅한 습기는 기생오라비 본 듯
착 안겨 들어와
같이 놀자고 손잡아 끌고
며칠째 비가 와 놀이터 놀러 못 간
참새 새끼 인내의 한계에 도달해
엄마 졸라대는 소리가
빗소리만큼 크게 들리고
비가 오든 말든
시간이 정해 준 법칙에 따라
운명이 정해 준 길을 따라

벌, 나비가 오든 말든
만사가 팔자소관임을 아는 백합꽃은
큰 잎을 벌리고 꽃가루가 뚝뚝 떨어지는
꿀물을 흘려 보지만
빗소리에 묻혀 공든 탑도 무너지고
만사형통은 하늘과 땅의 조화에다
때를 잘 만나 삼합이 만들어야
이루어지는 꿈인데
노력은 가상하나
때를 잘못 만난 낙방거사가 되겠구나
오기로 길고 큰 나팔로 꽃이 피었다고
목소리 크게 광고도 해보지만
반나절이 지나도 벌 한 마리 구경 못 하네
빗물에 시달리고 마음에 상처받아
기가 죽은 꽃잎은 폭삭 늙어가
어제 올라온 푸른 나뭇잎
생기보다 못 하구나

2024. 6. 30.

오감 만족

어제부터 장맛비가 내렸다
일기예보는 일주일 전부터 오다 만다
말장난하더니
풀 덮인 도랑을 밀고 갈 만큼 내려
나무도 풀잎도 사람도 만족한다
비가 충분히 내려 마른 도랑에
물 흘러가는 소리는
임이 부르는 나팔 소리같이
참 듣기 좋고
큰 도랑에 물고기는 모처럼
때를 만나 스트레스 푼다고
짝을 지어 펄쩍펄쩍 재주를 넘으며
물을 거슬러 뜀박질하고
물 넘치는 논 물꼬 밑이
폭포수 등용문인 줄 알고
그곳을 올라가겠다고
피라미 미꾸라지 새끼들이
바글바글거리며
축제를 연다
비 갠 하늘에 잠자리는 이때다 하고
일제히 날아올라 구애의 짝짓기를 하는지

온천지가 잠자리 세상이고
화려한 비행술에 온갖 다 재주 선보이고
덩달아 하루살이 날파리도
규칩을 이루어 장터같이 왁삭왁삭거리고
좋은 어장 사냥터 만난 참새 산새 들새들
아이 할배 할매 온 가족이 다 몰려들어
비가 와 며칠 굶주린 배 채운다고
이리 날고 저리 날고 야단법석이고
미용실에서 갓 파마하고 나온 아가씨
머리카락같이
배롱나무 몽실몽실한 꽃송이가 젖은 빗물을 털고
고개를 바로 든다
기분 좋아 팔랑이는
나뭇잎이 춤을 추는 몸짓이 이쁘고
오랜 가뭄 끝에 물을 만나 품어내는
만물의 생기가 흐르는 공기를 마시니
몸도 마음도 백지장처럼 가벼운
장마 시작 다음 날의
장마 속에 비 개인 오후에
모두 다가 행복한 순간이구나

2024. 6. 30.

초여름 풍경

여름비가 밤이 새도록 울고 간 땅에
그 마음 달래주듯
반짝이는 아침햇살이 찾아주면
기다렸다는 듯이 시간은 피는 꽃 지는 꽃
이름을 따로 불러준다
나팔꽃 줄기는 울타리를
밤낮으로 부지런히 기어 올라가더니
욕심만큼 올라갔는지
오늘 아침에 파란 나팔꽃을 피운다
숲속에서 기다리고 서 있던 파란 요정이
얼른 나타나 나팔을 불면
꽃가루 향기가 사방으로 울려 퍼져
궁금증 많은 벌, 나비 찾아들고
삶에 경쟁이라도 하듯
그 옆에 선 생각 다른 나팔꽃은
분홍빛에 나팔꽃을 피워 올렸구나
그러면 숲속에서 분홍빛에 옷을 입은 요정이
거미줄을 타고 내려와
영혼을 유혹하는 나팔을 분다
그 소리에 홀려 너도나도 모르게
벌, 나비는 몰려들어 장터 같고
시간은 유월의 땅끝에서 칠월로 건네주고

칠월이 보여주는 세상 즐기란 말을 남기고
칠월 땅끝까지 여행이 끝나면
그때 만나자고 약속에 말만 남기고
뒤도 안 돌아보고 제 갈 길을 간다
유월의 시대에는 유월이 주인인 꽃이 피고
칠월의 시대에는 칠월에 꽃이 피네
일 년에 삼세번이나 꽃을 피우는 배롱나무
첫 꽃은 무더운 여름날 오후
산 넘어 산맥같이 불쑥 솟아나는 뭉게구름처럼
몽실몽실한 꽃송이가 바람을 타고
꽃가마를 탄 듯 말을 탄 듯 달리고
꽃송이가 얼마나 마음에 들었는지
참새는 아래 가지에서 보고 위 가지에서 보고
줄타기 놀이에 재미가 붙어 반나절은 안 심심하게 잘 놀겠구나
원하지도 않았는데
세월은 벌써 나를 7월로 옮겨놓고
나의 다음 수를 물어온다
참새 소리도 까치 소리도
어제 그 소리 같은데
피고 지는 꽃을 보니
시간이 흘러감을 알겠네

2024. 7. 1.

나는 유죄다

새벽 밤비는 주르륵 주르륵
후회의 눈물이 되어 내리고
빗소리가 들려주는 고주망태 노래는
부끄러운 나의 자화상, 어질어질한 머릿속
뒤죽박죽 두서가 없는 생각들
날파리처럼 눈앞을 왔다 갔다 하는
어젯밤 술에 취해 허덕이는 부끄러운 잔상들은
괴로운 기억으로 되살아나고
그것은 아닌데 아닌데 하고
잘못된 행동을 독백처럼 되뇌인다
어젯밤에 먹은 술이 창자를 한 바퀴 돌아
내려가는지 쌀쌀 쓰려오는 배 속 신호가
절제되지 못한 나의 행동을 질책하고
부어라 마셔라 영혼까지 술에 팔아먹고
광란으로 보낸 밤은 후유증이
꺼진 불 다시 살아나듯
또 후회의 발등을 찍는다
술기운은 모든 것을 다 빼먹은 기생처럼
슬그머니 발을 빼 갈 때쯤에
원망 반 질책 반으로 술 때문이야 하고
술에게 책임을 전가해 보지만

술병은 웃으면서 술이 대꾸를 한다
누가 먹으라 그랬나
자기가 책임 못 질만큼 먹어놓고
술은 왜 탓하느냐고 비웃는 듯 대들고
술의 대책 없는 부추김에 이렇게 되었다고
궁색한 변명을 나열하면 몇십 년을 먹어보고
수도 없이 당해보고도 바보처럼 매번 걸려드는 인간아
짐승도 한 번 걸린 올가미에 두 번은 안 걸리는데
아둔한 바보 너는 어쩌면 매번 낚이느냐?
그러고도 네가 인간이가
짐승보다 더 둔하다고 회초리를 날리는구나
그렇다 왜 바보같이 매번 실수를 반복할까?
나 같은 사람은 술 마실 자격에 미달한 거야
그래서 술은 신선이 마시면 보약이 되고
인간이 마시면 짐승보다 더 추해진다고 했던가?
돈 낭비하고 몸 상하고
좋아야 할 기분은 반대로 후회만 남구나
능력도 안 되는 사람이 술 마시고 난 다음 날은
화투판 쓰리고에 피박에 독박까지 쓰는 꼴이구나
그래서 술은 무죄 나는 유죄다

2024. 7. 2.

사 랑

그녀는 이뻤다
무조건 이뻤다
모든 게 다 이뻤다
내 것이 없어도
그녀의 것이 가득 차도 이뻤다
마음이 이쁨으로 가득 채우니
행복한 마음이 천지삐까리다
행복한 마음 끝까지 지키려 하는 마음이
사랑이다
사랑을 위해 삶을 노래 부른다
그녀의 미소에서 번져 나오는 기운이
매력이 되어 말고삐 잡고 몰 듯
나의 감정을
요리조리 채찍질하며 몰고 갔다
내 감정은 그녀의 의도대로
연가시를 품은 사마귀처럼 조종당하고
무얼 하듯 같은 공간에 있는 것만으로도
행복이 마음을 채우고
넉넉히 남아돌았다
백일홍이 화려한 색깔의 변신으로
매일 매일 피어나는 꽃송이마다

변검을 공연하듯 이쁨은
팔색조 매력으로 날아들고
질리지 않고 새로운 다른 매력으로
푹 빠지게 한다
그녀를 만나면 행복으로 웃음꽃이 피고
그녀를 생각하면 샘 솟듯 사랑이 솟는다
그녀를 만날 때는 설렘에 기쁨이 앞서고
헤어져 있으면 보고픔이 노래한다
내 마음속에 사심은 하나도 없고
몽땅 다 그녀의 것으로 채워도
행복한 마음이 괜찮다
세월이 갈고 닦는
태양은 녹슬지 않듯
마음으로 갈고 닦은 사랑은
변함이 없다

2024. 7. 3.

자동차와 노인

나무는 나이테로 세월을 헤아려 가고
사람은 숫자를 보탬으로 나이를 모아간다
세월에 추가 무거워질수록
몸도 굳어지고 마음도 느려진다
길 안 좋은 지방도로 자동차 안전 운행 시속이
60킬로이듯이 사람들도 사람답게 편안하게
살아갈 수 있는 나이도 그 기준이 60인 듯싶네
그래서 그 마디 구분이
살아보니 경험으로 환갑이 경계점으로
위험수위로 정해 금을 그어 놓은 듯싶네
그 나이 지나 속도를 1을 더 올릴 때마다
고물이 되어가는 몸은 여기저기서도
삐그덕삐그덕 잡소리가 나고
고장이 난 곳은 통증으로 신호를 보내온다
연식이 한 해를 더 먹을 때마다
작년과 다르고 올해 또 다르다는 걸
말하지 않아도 기운으로 느껴지고
오래된 차는 햇빛에 바래
그 모습 변해 가듯
환갑 넘은 몸은 주름으로
세월에 깊이를 나타내는구나

묵묵히 머슴처럼 남 없는
발 부주상골이 자기도 나이를 먹었으니
대접해 달라고 존재감을 알려오고
젊을 때는 몸에는 신경 하나
안 쓰고 살았는데
경계점 수위가 넘어서니
생각도 못 하던 곳에서
수리를 요구해 온다
이제는 삶의 외부에 적보다
내부에 적이 일으키는
반란이 더 무섭게 다가오네

2024. 7. 3.

오늘 숙제

칠월의 장마는 늘 무덥다
습도는 높고 햇살은 뜨거워
불쾌지수는 빨간불이고
칼끝에 베인 손가락에 피 흘러나오듯
땀은 아무 곳에서나 줄줄 새어 나온다
더워서 힘 빠지고 땀이 나서 힘 빠지고
힘든 시간 살아 낸다고 모두 다 용 꽤나 쓴다
이런저런 어려움 속에서도
삶에 시계는 쉼 없이 돌아가고
시간은 만물 장사 보따리 풀어 놓듯
하루 일거리를 풀어 놓고
마음에 드는 일거리 골라잡으라 하네
아침을 먹는지 가던 길이 무거워
짐을 조금 내려놓고 갈 요량인지
장맛비는 연애편지 쓰듯이
부드럽게 한바탕 놀고
사탕 하나 받아 들고
울음 뚝 그친 아이 모양
현재는 비가 안 오네
오라는 곳 보자는 사람들이
줄을 서서 기다리는지

한바탕 놀고 난 비를 실은 구름은
갈 길이 바쁜지
짙은 구름은 보따리를 이고 지고
개미 이사 가듯
하늘 이 끝에서 저 끝으로 열심히 기어간다
창고 지붕 밑에 세 들어 사는 참새 형제들
비 그쳤다고 돈 벌러 가자고 서둔다
이렇게 부지런히 일하면 살림살이 나아져
내년에는 아파트 하나 살는지도 모르겠네
잦은 비에 씻겨서 그런지
장맛비에 젖은 옷 세탁하고
새 옷을 내어 입어서 그런지
장맛비에 한 뼘이나 자라난
볏논에 개구리 피라미 미꾸라지 찾아
어슬렁거리는 왜가리 품새가
화장을 한 듯이 돋보이게 이쁘고
오늘은 무슨 일을 해 볼까?
미적거리는 망설임의 고민에 빠진
내 숙제만 남은 것 같네

2024. 7. 3.

배롱나무

오늘도 동녘 산을 넘어선 태양은
강을 건너고 들판에 들어서
강둑에서 풀잎에 맺힌 이슬이 들려주는
어젯밤 이야기를 듣고 있다
자식이 보자고 했는지
손자가 보고 싶다고 불렀는지
물오리 두 마리 힘차게 물을 차고 오른다
숲속에서 우아하게 생긴 검은 나비 한 마리
나풀나풀 나들이 나와
노란 호박꽃도 구경하고
오이꽃도 구경하고
백일홍도 구경하더니
마음에 안 드는지 날아가고
호박꽃에는 꿀벌만 날아드네
물까치 새끼들 오늘이 첫 비행 연습인지
엄마, 아빠 물까치 앞세우고
여러 새끼가 나란히 전깃줄 위에 올라앉아
제 차례를 기다리며
바람에 나뭇잎 팔랑이듯
날갯짓 연습이 한창이고
칠월 땡볕에 힘이 오른 배롱나무는

생긴 대로 꽃을 활짝 피워 힘자랑해 보지만
욕심이 너무 과하게 꽃을 매달았는지
가지가 이리 휘고 저리 휘고
축 처지고 체면이 말이 아니네
낮아진 꽃가지가 만만한지
벌, 나비 너도나도 떼거리로 몰려들어
꿀을 빠는구나!

2024. 7. 4.

하루 시작

상점 문 열리듯 아침은 하루 문을 열고
사람이 출근하듯 햇살은
구름에 문을 열고 들어선다
하루를 시작하는 시간이라 그런지
모두 다 반갑다
밤새 헤어진 뒤 만남이 시작되고
밤사이 일들이 군밤 익어가듯 궁금하고
만남은 보자마자 인연에 줄을 꼬아 간다
참새들에 아침 인사 소리에
마당 개가 반가움에 추는 엉덩이춤이
작은 미소로 행복을 부른다
시간에 문이 입을 열 듯
꽃봉오리에 숨어 있던 꽃잎도
진실에 비밀을 말하듯
감추었던 속살을 뒤집어 보인다
하룻밤 휴식을 취하고 난 만물은
생활의 활력에 힘이 넘치고
서로 좋은 이웃으로
기분 좋은 거래를 시작하는구나
시간이 한 계단 두 계단을 쌓아가면
내일은 더 멀리 안 보이던 곳까지 보여 주겠구나

2024. 7. 5.

비밀 이야기

사람은 태어나 생각대로 자유를 외쳐보지만
블록 공장에 블록을 찍어내듯
학교 교육을 통해 인간사회의 삶에 필요한
블록 한 장으로 바꾸어 놓는다
늦잠 대장 손자 녀석도 반 학기가 다 되어가니
학교생활이 몸에 배가는지
책가방을 메고 좋아하는 축구공을 들고
아침이면 엄마 손잡고 등교하는 모습을 보면
훌쩍 자란 초등학생티가 난다
일 년 사계절을 살아 보면
하나도 허술하게 그냥 넘어가는 계절은 없다
장애물 경기하듯 때마다 색다른 허들이 있고
허들 경기하듯 그 장애물을 넘어서야 다음 단계로 갈 수 있듯이
인간들은 자기 역량에 맞는 바벨을 들었다 놓았다 하며
체력을 길러가는 것이 삶에 이야기다
사람의 타고난 근기는 모두가 다르듯
배우고 익혀야 할 인생 과제도
모두 다 다르기 때문에 상대평가는 할 수 없고
절댓값인 열심히 노력했나?
안 했나? 반성이 있나? 없나에
따라서 수우미양가로 나누어지는 것이
인생에 삶의 비밀 이야기다

2024. 7. 5.

왜가리 약속

올챙이 꿈이 팔딱팔딱 뛰어가는 여름에
눈이 시리도록 푸른 하늘에
하룻밤 풋사랑에 꿈처럼 흰 구름은 생겨나고
생겨난 구름은 여름날 나무 그늘에서
낮잠에 꿈을 꾸는 그림처럼
어디로 가는지 온다 간다 말 한마디 없이
탁발승 발걸음 같이 사라져 간다
나무 위 베짱이가 부르는 노랫가락 따라
세월은 시간에 피리를 분다
청춘이 알을 실은 푸른 볏논에
흰 왜가리 한 마리는
늘 홀로 넓은 논을 긴 목을 쭉 빼고
무얼 찾는지 두리번두리번한다
둘이 같이보다 늘 혼자일 때가 많다
가느다란 다리 긴 목은 왜 그렇게 되었을까?
아마도 약속 시간 지키지 않는 임
이제나저제나 하고
발돋움해 까치발로 기다리다 보니
욕심에 좀 더 멀리 보고파
목도 다리도 길어진 것 같네

2024. 7. 5.

하루 이야기

비단 천 옷감 물들어 가듯
새벽은 어둠 위에 천천히 물들어 가고
새벽잠 없는 이웃집 부지런한 제비 부부
아직도 새끼들은 단잠에 빠져있는데
어젯밤 꿈이 신기했는지 재미가 있었는지
도란도란 꿈 이야기로 새벽 이야기를 나누면
이야기 소리는 아라비안나이트같이
다음 이야기가 궁금한지 나이 들어 새벽잠이 없는
이웃집 할매 할배도 귀가 솔깃한지
제비 이야기 뜸 들이지 말고 빨리하라고 재촉하고
나팔꽃 은근슬쩍 꽃송이 울러 메고
담을 타고 넘어오듯
이웃집 제비 둥지에서 흘러나오는
제비 사는 이야기가
궁금증을 울러 메고 담장을 넘어오네
아침햇살이 대숲에 댓잎을 물들이면
나선 곳에서 하룻밤을 지새운 나그네 여름새가
갈 곳을 찾아 하나, 둘 빈 하늘에 붓이 되어
그림 한 줄 죽 그으며 날아가면
사람 사는 이야기도 오늘 빈 하루 공간에
요것조것 세간살이 알뜰살뜰하고 싶은 일들 채워가겠지

2024. 7. 6.

삶과 인연

흐린 날씨는 구름만큼
무거운 공기를 실어 나르고
행여나 비가 올까 봐 아침 일찍부터 참새가 서둔다
삶에 의욕을 잃었는지
삶에 인연이 다했는지
땡감 하나 생명줄 끊어져 떨어져
댕그랑 내 발 앞으로 굴러오고
감나무에 빈 껍데기만
해바라기꽃처럼 피어 있구나
어제 핀 꽃은 뒷줄에 서고
오늘 핀 꽃은 앞줄에 선다
빈 주머니 어제 핀 꽃은
벌, 나비도 괄시해 안 찾아 들고
돈주머니 두둑한 오늘 핀 꽃은
벌, 나비가 문전성시를 이루는구나
사람이나 식물이나 청춘이 제일인 걸 보니
조물주가 그렇게 만들어 놓았나 보다
달달한 청춘의 봄날에서 한참 떠내려온 현재의 내 모습은
아메리카노 커피만큼 쓴맛을 내지만
쓴맛에 매력을 찾아 천천히 음미해 봐야겠지

2024. 7. 6.

석굴암

석양빛이 땅을 한 바퀴 돌아 서산마루에 올라서고
천지조화를 실은 노을빛이 하늘에서 내려와
석굴암 석상 앞에 저녁 공양을 물들이면
석굴암 석상에 짧은 귓속말 법문은
안개처럼 피어나 연기처럼 순식간에
관음보살상에 전해지고 관음보살상에 작은 미소는
복음이 되어 어둠에 묻어 하산 길을 내려와
사람 사는 동네에 도착하면
산타클로스 할배 크리스마스 선물 나누어 주듯
집집마다 대문 앞에 깨달음에 선물을 두고 가네
석공의 머리카락을 타고 등짝 골을 흘러내린
천 년 전에 흘린 석공에 땀방울이
지금 세월에 삶에 의미로 흘러들고
혼신을 다 모아 한평생 정성으로 새겨 온
골짜기를 울리는 망치 소리
정과 돌이 마주치는 화음 소리가
법문이 되어 산천을 설법하고
인간들이 대를 이어 온 소망에 결실이기에
천 년을 님게 세월이 기대고 비비고
하소연을 하고 가다 보니 또렷했던 이목구비 미소가
내 삶에 믿음만큼 알 듯 모를 듯 어슴해
흘러간 세월에 깊이를 알겠구나

2024. 7. 7.

토함산이 품은 경주

밤을 새워 동해를
헤엄쳐 온 태양을 개구리 파리 잡아먹듯
꿀떡 삼켜버린 태양을
목구멍에 넘기기도 전에 뜨거워
토함산이 얼른 토해내면
태양은 축구공 모양
첨성대가 골대인 양
데구러 굴러가고
날아가는 바람 소리에
천년을 넘게 지켜 온
성덕대왕 종소리가
고요히 잠든 경주에 아침을 잠 깨운다
밤이 새도록 노동에 지친 가로등은
하나, 둘 스르륵 잠에 못 이긴
눈꺼풀 감듯이 눈을 감고
가랑비에 옷 젖어 들 듯
어렴풋이 들리는 인기척 소리에
개 짖는 소리가 석가탑 다보탑을 돌아
산 넘어 이웃 동네를 향하고
가느다란 햇빛은 과녁을 향해
쏘아대는 젊은 화랑의 화살같이

신라의 땅에 내리꽂히고
단련된 눈동자에 흘러나오는
매서운 눈매는
모든 잡기운 다 잡아내고
좋은 기운 지키는 파수꾼이 되어
둥지에 알을 품고 있는 듯한
이 땅을 지키네
안압지 누각에 걸린 달빛이
별빛이 흥에 겨워 놀다 흘린 땀방울이
기왓장 끝에 이슬이 되어 맺히고
천년을 넘게 모아 온 물방울이
어느덧 마음을 품은 못이 되고
물오리 발바닥에 묻어온
연씨 하나가 깨달음을 얻어
성불이 되니
천년이 지난 오늘도
연꽃은 너도나도 일어나
법문을 듣는구나

2024. 7. 7.

목욕탕

허리띠 조여오듯 여름 햇살이
무더위를 조여오면
고래 싸움에 새우 등 터진다고
수박밭에 수박도 땀을 흘린다
땀으로 범벅된 여행길에 몸은
손자, 손녀들이 찝찝하다고
모깃소리를 낸다
사막에 오아시스 같은 사우나 간판이
기생오라비 부르듯 손짓하면
이 판에 잘 되었다 싶어
득달같이 달려간다
남자, 여자 편을 갈라
다시 만날 시간 정하고
볼일 볼 곳을 찾아가면
잘난 것 못난 것 젊은 것 늙은 것
차별 없이 알몸으로 들어서고
여기서는 빈부귀천 노소 구분 없이
수평인 상태인데
인간이 그리는 삶에 경력이
차별을 낳는구나
제일 어린 손자의 몸부터

아버지뻘인 구십 난 할배까지
다 만난다
손자 몸부터 구십 살까지 먹은
할배 몸은 나이에 따라
그 모양이 변하고 잘 다듬고 관리 잘한 몸과
조심 없이 함부로 방치한 몸맵시는
하늘과 땅 차이고
평등한 알몸에서 출발해도
관리와 노력이 차이를 보이고
살아갈 날이 많은 자와
살아갈 날이 손가락에 꼽히는 자의
몸매는 하늘과 땅 차이구나

2024. 7. 8.

성인군자를 기다리며

칠월에 무더위는 세월이 신세대라서
그런지 몰라도
전통으로 내려오던
24절기도 무시하고
관심을 받고 싶은지
돌발 행동에 성격은 더 까칠해져
과격한 행동도 서슴지 않는다
오늘도 심술이 났는지
아침부터 화가 난 거친 숨을 토해내고
밭고랑에 줄지어 선 흰 꽃 도라지
푸른 꽃 도라지는
세상사 인심 천심이 변한 줄도 모르고
두세 줄로 줄지어 도라지 타령으로
힘 넘치는 여름 햇살과
시원한 소나기를 호객하고
세상이 얼마나 더워져 가는지
나무 그늘 밑에
나뭇잎이 팔 빠지라고 부채질해도
땀방울이 포도송이 열리듯
금방 주렁주렁 매달리고
염불처럼 덥다는 소리가 절로 나온다

변해 가는 인심만큼
세상에 기후도 변해
까칠해진 기후의 변화에
그 기분 풀어 줄 특단에 대책이
필요한 듯싶네
사람들은 누가 먼저 해주기만 바랄 뿐
먼저 행동하는 주체는 없고
다만 뒷자리에 앉은
동네 사람같이 힘없는 사람들에
갑론을박뿐이네
브레이크 고장 난 차 내리막길
운전 같은 현재의 세상사
어느 성인군자가 나타나
물을 거슬러 가는 모순 세상
찰나의 위기에 선 세상을 걷어버리고
세상을 바로 잡아 순리대로 천천히
흐르는 물길로 되돌려 놓을까?
오늘도 나 혼자 커피 한 잔 부어놓고
세상일 다 걱정하며
이제나저제나 하고 성인군자의
출현을 기다리네

2024. 7. 8.

참나리 꽃

남쪽에서 남풍을 타고
날아온 여름 철새
잘 사나 하고
친정엄마 딸네 집에 오듯
여름새 꽁무니를 따라와
지갯자리를 놓는다
유월 말부터 시작한 장맛비는
칠월 말까지 한 달은 물 실어
바다로 왔다 갔다 하며
여름꽃에 물을 준다
칠월 장마 때를 맞추어
대문 앞 참나리꽃은 불평불만 없이
열 형제자매 잘 키워
자랑스럽게 앞세워
맏이부터 매일 순서대로 하나씩
꽃을 피운다
비가 와 벌 나비 안 올까 봐
지나가는 놈이라도 낚을 요량으로
꽃송이 가운데 낚싯바늘 하나 끼워
바람에 까닥까닥이면
궁금증 많은 벌 나비 꼬드겨 들고

바빠서 그런지 화장술을 못 배워서 그런지
대충 바른 연지 곤지는 빗물에 번져
알록달록한 것이
광대 얼굴처럼 우습구나
칠월에 피는 꽃이라면
그래도 너를 빼놓고는
말을 못 하겠네

2024. 7. 8.

잘 살자

떠나보내기 싫어서 조금이라도 더 자고 싶은 잠을
놓치기 싫어서 참고 참았던 소변이 한도가 차오르니
편안한 잠에 유혹보다 불편한 소변 해소가
급해 새벽잠을 깨우고 다시 자기에는 어중간한 시간
장마철이라 새벽 밤비는 숲을 씻어 내듯
어둠을 씻어 내고 그냥 있기에는 뭐하고
심심해 유튜브에 검색하다
귀에 익숙한 노래를 들어보면 마음이 편안해진다
마음에 여유가 있는 나만의 시간에 듣는
작은 울림이 마음을 훑고 지나가면
정체된 체증 같은 무거운 것이 개미 기어가듯 움직거리고
새 물에 흙탕물 밀려가듯 무거운 기운 조금씩 밀려 나간다
사람에 생각은 마음에서 피는 꽃이라
매일 매일 생각은 피고 지고
그 영상에 그림자는 복제된다
복제된 그림은 하루를 좌우하고
오늘 살고 난 하루 내일의 씨앗이 되고
염주 알 이어지듯 하나하나 이어진 세월은
내 인생에 일기장이고
오늘을 잘 산 삶은 내일의 밑돌이 된다.

2024. 7. 9.

생각의 차이

놀라서 짹짹거리는
참새 소리가 사람을 불러낸다
무슨 일인가 싶어 나가보니 참새 한 마리 죽어있네
문상 온 참새 일가친척들
저마다 주거니 받거니 한 소리 하는데
무슨 말인지 모르겠고
간밤에 비가 많이 내렸다
천둥 번개가 내려치더니 나쁜 일 많이 해
벼락 맞아 죽었나 아니면 양심에 찔려 죽었나
참새들에 곡소리도 뚝 끊어지더니 의논이나 한 듯이
뒤도 안 돌아보고 날아간다
이것이 참새들에 미련 없는 장례 방식인가
사람들 장례식이랑 비교해 보니 장단점이 있네
아마도 그 차이점은 기준점을 어디에 두느냐에 따라
그 차이가 있는 것 같네
장마철 비 오는 날 오늘은 뭐하며 보낼까 하고
여러 메뉴판을 놓고
헛된 젓가락질만 하며 고심하네
하루 살아보면 고민하고 살 만큼 아무것도 아닌데
양면성의 세상 이게 문제로구나

2024. 7. 9.

철학하는 빗방울

밤비가 내린다
진리를 얻고 싶은
수도승의 염불처럼
끊임없이 한결같이 아둔한 마음에
그릇을 깨듯 낙숫물 소리를 내고
땅을 흥건히 적신 빗물은
내 마음까지 흘러와
삶의 욕심에 낀 부질없는 탐욕에
때를 불린다
사랑하는 임 보고파
천 리 길도 마다하지 않고 달려가듯
새벽에 아침은 빗방울 사이를 헤집고
나를 보고파 찾아오고
잠에서 깨어나 아무 생각 없이
멍하니 앉아 있으니
심장에 피가 온몸을 한 바퀴 돌고 오더니
심장이 뛰는 소리를 듣고
온갖 욕망을 물고 들어와
이것은 어떻냐?
저것은 어떻냐?
유혹에 흥정이 들어오고

그 노련한 상인의 화려한 말솜씨에
홀딱 넘어가 몸이 감당하기 버거울 만큼
욕심을 끌어모은다
얼마큼 욕심에 치이고 부대끼고
물어뜯겨야
불에 덴 화상처럼 잊지 않고
깜짝 놀라 탐욕을 피해 숨어갈까
오늘도 자갈밭에 굴러떨어진 풍뎅이처럼
온몸에 힘이 쭉 빠져
욕심과 평정심이
눈금이 같아질 때까지
죽기 살기로 허덕거리며
기어오르겠구나
얼마나 더 많은 세월을 살아야
1 곱하기 0도 100 곱하기 0도
같은 숫자라는 걸 알까?
오늘 아침에 내리는 빗방울은
무식하고 아둔한 내가 불쌍해서
착한 천사가 안타까워
흘리는 눈물인 것 같다

2024. 7. 10.

신선놀음

칠월 장마철이라
오늘도 어제처럼 사람 입맛에 맞게
사고 없이 조용히 밤비가 흠뻑 내렸다
땅도 나무도 먹을 만큼 먹었는지
더는 욕심 안 부리고 너도나도 내어놓고
여기서도 저기서도 내어놓은 물은
마른 개울에 냇물이 되어
도움이 필요한 사람 연락하라고
개장수 개 사러 왔다고 외치듯
물소리를 내며 흐르고
올 장마철은 참 잘한다
밤에는 비가 오고 낮에는 흐리고
땡볕이 안 설쳐대니
밤낮으로 사람 살기 좋구나
배를 채운 청개구리 한 마리
눅눅한 몸을 말리려
일광욕을 즐길는지
낮잠 자기 좋은 명당을 찾는지
나뭇가지로 슬금슬금 기어오르고
벽시계도 점심때를 향해
열심히 기어오른다

왼쪽 귀에는 개울물 흐르는 소리
오른쪽 귀에는 참새 노랫소리 들리고
나뭇잎이 부채질해 주는 산들바람에
나는 스르르 눈이 감기고
이참에 공자님 찾아뵙고
삶에 한 수 청해
들어볼까?

2024. 7. 10.

철학적 생각

이별이 그리는 눈물 이야기는
풀잎에 맺혀 울고 있고
아침 햇살이 이슬 속으로 스며드니
햇살을 머금은 이슬은
송아지 눈망울같이
영롱한 빛깔에 보석이 되어
그 아름다움을 말하고는
하나둘 흔적도 없이 사라져 간다
보이는 것 보이지 않는 것의 차이는 뭘까?
세상에 모든 존재는 기억 속에만 영원할 뿐
제일 중요하다고 여기는
현재는 순간과 순간을 연결하는
고리만큼 짧은 것
기억 속에 저장된 지나간 날
과거가 진짜 나인지
눈앞에 바로 보이는 이 순간에
내 모습이 나인지 모르겠네
간혹 추억 속에 남아 있는 친구가
문득 스치고 지나갈 때
추억이 현재를 연결해 통화시켜 준다

2024. 7. 11.

훈 수

어젯밤부터 시작한 밤비는 밤을 지새우고
아직도 할 일이 덜 끝났는지
머리카락 빗질하듯 부드럽게 내리고
새벽은 어둠 밑에서 잠을 뒤척인다
내 머릿속에 작고도 넓은 세상에
둥지를 틀고 사는 생각들에 군상들은
벌써 일어나 자리다툼을 벌린다
옥신각신하는 복잡한 생각들의 이해충돌
이것도 싫고 저것도 싫어 눈을 뜬다
어슴한 새벽에 빛은 내 창을 넘어 보며
말을 걸어온다 밤새 안녕했는지를
잠에서 깨어나 잠시 자리에 누워있으니
온갖 생각들이 각본을 써와 드라마를 엮어 댄다
이 생각 저 생각들이 밀물에 파도가 되어
밀려오고 밀려가고를 반복하고 단맛을 맛본 벌매의 집착같이
벌이 달라붙어 쏘고 물어뜯든 말든
벌집을 털듯 마음에 깃발을 꽂았다 빼앗겼다
저마다 명분으로 전쟁을 치른다고 말했더니
새벽은 조용히 타이른다 뇌가 밥 먹고 하는 일이
이 생각 저 생각을 들추어 끄집어내는 것이 제 임무란다
신경 쓰지 말고 필요한 것만 가져다 쓰면 된다고 훈수를 뜬다

2024. 7. 12.

무더위

아직도 볼 일이 덜 끝났는지 손톱만큼 미련이 남아 있는지
장맛 구름은 비도 내리지 않으면서
오도 가지도 않고
놀부 심보로 하늘을 다 덮고 꾸물거리며
태양에 앞길을 가로막는다
구름 속에 숨은 태양은
옥수수를 구워 먹는지 감자를 쪄 먹는지
그 열기가 짐 실은 수레 끌고 언덕을 오르는
황소 콧김과 같이 거칠게 쏟아져 내려
습도 놓은 날씨가 푹푹 쪄
사람을 무기력하게 만들고
대어 놓고 나서기에는 조금 미안했는지
풀숲에 숨은 찌르레기가
자기들 세상이 돌아왔다고
매미에게 귓속말로 속삭이며
얼른 나오라고 부추기고
대문 기둥 따라 올라간
한여름 그늘로 일품인 포도나무 그늘이
장맛비 기운을 받아 두툼해지고
개구리알같이 작았던 포도송이가
송아지 눈방울만큼 클 기세로

청춘에 힘을 밀어 올려 날이 다르게 탱글탱글
연잎 위에 물방울 커가듯 커간다
으슥한 뒷골목에 들어서면
파리는 까불대며 귀찮게 하면서 한몫 챙기고
모기 깔따구는 대놓고 피 맛 좀 보자고 체면도 없이
아무 곳이나 예고도 없이 달려들어 물어 떼고
이래저래 한여름 두 달은 살아 먹기가
고달픈 시간이구나

2024. 7. 13.

삶에 지혜

오늘도 장맛비는 출근 도장을 찍는다
봄꽃이 피고 진자리
세상 이치에 순응해 자기 의무를 다한
어미 꽃나무는 말라 죽고 그 씨앗 남겨
릴레이 생명에 바통 다음 주자에 전달하니
발밑에 흩어졌던 씨앗들 장맛비를 기회 잡아
새싹들은 학생들 조회하듯
군락을 이루어 소리 없이 눈을 뜨고 일어나
밤낮없는 생존에 경쟁은 끝없이 시작되고
밀고 당기는 빈 땅따먹기에
오늘도 시간에 물감을 듬뿍 풀어
제 나름대로 전략을 세워
푸른 먹으로 조금씩 조금씩
빈 땅을 밀어내고 키워 그려나간다
가랑비인지 이슬비인지
전설에 고향 이야기인지 연애사 이야기인지
빗소리는 곱게 한결같이 재미나게 솔솔 내리고
대나무밭 죽순은 기운이 넘쳐흐르고
밤사이 누가 많이 컸나 키 자랑을 하고
올봄에 태어난 비둘기 새끼 비가 와도
날개가 빗물에 흠뻑 젖어도

어미 따라 삶에 지혜 배움에 게으름이 없고
비가 부르는 노랫소리에 답가로
땅은 안개구름 기운으로 춤을 너울너울 추며
하늘로 오른다
하늘과 땅에 기후조건이 어떻게 변하던
모든 사물은 그 사항에 최대치 값을 구해
잘 활용하는구나!

2024. 7. 14.

멍때림

장맛비는 내 그림자 발자국 소리인 양
뚜벅뚜벅 장화 소리를 내며 내 뒤를 따르고
우산을 타고 내린 빗방울은
물 고인 땅에 지문을 남긴다
욕심에 빗물을 한도가 넘치도록 끌어안은
꽃잎은 흥건히 젖어 산뜻한 꽃잎에 매력을 잃어가고
카페인의 유혹에 그냥 못 넘어가고 카페에 들어서면
비 내리는 날 불빛 조명은 분위기를 띄운다
커피 향이 코끝을 찾아들고 쓴맛이 목 넘김을 할 때
한 박자 쉬어가며 마시자 그러고
아무 생각 없이 멍때리며
유리창 넘어 설렁설렁 걸어가는
비 모습을 넋을 놓고 바라보면
내 머릿속에서도 이 생각 저 생각들이
빗물처럼 줄줄이 흘러간다
잡생각들로 시간에 빈자리를
어느 정도 메꾸고 나면
몸과 마음에 빗물 고이듯
의욕이 어느 정도 고이면
사냥개 모양 그 의욕을 찾아 나선다

2024. 7. 14.

찜통 더위

몇 날 며칠을 묵은 진상손님 장맛비는
물 조절에 실패한 진밥처럼
눅눅하고 습도 높은 날씨는
압력계 눈금 오르듯 불쾌지수 높여가고
찌르레기도 매미도 덥다고 에어컨 세게 틀어 달라고
데모하고 난리를 친다
모처럼 비 그쳤다고 좋아했는데
찜통더위는 산 넘어 또 산일세
산속 뻐꾸기도 살아 있다고 안부를 전해오고
오늘 피어난 꽃은 젊은 청춘으로 위로한다
연분홍 꽃잎을 첫사랑에 마음처럼 후회도 미련도 없이
활짝 피운 배롱나무는 이제야 한숨 돌리고
올해 자란 만큼 허물을 벗어들고 늠름하게 서 있네
시련이 다가와도 고난을 맞닥뜨려도
굴함이 없이 할 일을 묵묵히 해낸 자의
뿌듯한 자부심이 느껴지는구나
더위에 숨을 헐떡이며 무기력한 나에게
참새 한 마리 다가와 말을 건다
힘을 내야 힘이 나지
힘내라 하며 작은 날개로 어깨동무한다

2024. 7. 15.

미련

바닷속 밑바닥까지 빠진
어둠은 사방천지가
안 보일 만큼 깊고 깊어져
벽시계 소리마저 숨죽이고
사람 소리 세상 소리 움직임 없고
심지어 동쪽에서 서쪽으로 가는
바람 소리마저 없다
사람들은 항아리 속 같은
꿈속 세상에 빠져 꿀을 빨고 있는지
모두가 벙어리가 되었는지
대꾸조차 없고
나 홀로 어둠의 무거움이 버거워
잠에서 깨어난다
어둠이 굴리는 시곗바늘의 커다란 소리는
귀를 먹먹하게 만들고
어마무시한 고요한 침묵에 놀란 잠은
앞뒤 생각 없이 삼십육계 줄행랑을 놓는다
모닥불 피우듯 전등을 켜고
얼음 녹이듯 어둠을 녹이고 있으면
바람 소리만 남고
기차는 터널을 통과하듯

머릿속을 스치고 지나가는 생각들은

미련 있으면

잡아보란 말만 남긴 채

휙휙 지나간다

2024. 7. 16.

백수 참새

칠월에 터줏대감 장마는
오늘도 하늘 가득히 구름을 꽉 채우고
영토를 지킨다
이른 아침부터 비 한 줄기 내려놓고
아직도 존재의 건재함을 과시하고
물러날 때가 다 되어 감을 예감으로 아는지
다음번 일자리를 찾아 둘러보러 갔는지
밤사이 좋은 인연을 만나러 갔는지
잠시 자리를 비웠는지 어떤지
그 속마음은 몰라도 비는 그치고
소나무 등을 타고 나뭇가지를 건너뛰고 놀던 안개도
신선들이 비상소집을 했는지
산봉우리마다 자욱이 몰려들어
우왕좌왕 질서 없이 하늘로 줄을 타고
엉금엉금 기어오른다
비가 와서 오늘도 노가다 일 못 갔는지
어제도 일 못 나간 백수 참새인지는 모르나
어제나 오늘이나
참새가 부르는 노랫소리는
귀에 익은 그 소리이구나
방 안에서 무엇으로 하루해와 씨름할까?

궁리 되는 나와 창밖에서 할 일 없어
어제 노랫소리와 똑같은 노래를 부르며
갈 곳 없는 너랑 나는
무엇이 다르고 무엇이 같은고?

2024. 7. 16.

벌과 꽃

장마철 한줄기 비가 쓸고 간 땅은
립스틱 바른 너 입술같이 촉촉이 젖어있고
그 부드러운 촉감에 기분이 상쾌하다
오랜 진통 끝에 실같이 가느다란 꽃잎을
잠결에 실눈 뜨듯 힘겹게 피어난 꽃은
헤픈 웃음을 날리며 지나가는 가객을
화려한 몸짓으로 유혹하고 있다
밤 지을 때 뜸 들이듯
호박꽃 향기가 익어가는
달콤한 꿀 내음에 귀가 솔깃한 벌
두세 마리가 날아와 신경전을 벌인다
얼른 꽃잎 속으로 안 숨어들고
빙빙 나르며 눈치를 보며
애간장을 다 태우고
꽃잎이 마지막 창고 문을 여니
휘슬 울린 육상선수 모양
벌들은 순식간에 빨려들고
사랑 님 품속을 파고들 듯
쑥 들어가 꿀물 한 입 베어 물고
기쁨으로 웃는다

2024. 7. 16.

오늘도 무사히

눅눅한 습기는 누가 끌어 잡듯이 몸을 무겁게 하고
장마철 무더위에 풀숲이 짙어가는
어제와 오늘에 모습은 하늘과 땅 차이
사람과 동물들은 습도 높고 더운 날씨에 맥도 못 추는데
노나는 것은 풀과 숲밖에 없는 것 같네
번성한 해충은 공간을 점령하고
밤낮없이 통행세를 거두어들이고
모기 깔따구 쇠파리 불심검문에 걸려들어
강제로 물어뜯긴 자리는 화가 났는지 억울했는지
부어오르며 간지럽다고 깜박이 등 깜박거리듯
신호를 보내오고 후덥지근한 날씨는 육수를 짜내고
비에 젖어나 땀에 젖어나 옷 젖기는 매한가지일세
개울물 소리 건너 찌르레기 소리가 건너온다
길게 뽑아 대는 노랫소리는 즐거워서 부르는 노래인지
노동이 고달파 부르는 노동요인지
모를 만큼 길게 타령한다
오늘도 비를 머금은 구름을 보니 한 줄기 할 것 같네
불쾌지수가 높은 계절
몸과 마음을 폭탄 다루듯 조심조심 다루어
오늘도 무사 무탈한 하루 잘 넘어가 보세

2024. 7. 17.

욕심 놓기

언제나 해왔던 일처럼
습관적으로 커피 한잔을 앞에 두고
개구리 물 건너가듯 홀짝홀짝 맛을 본다
어제까지는 이 맛이 좋았고
코끝에 스며드는 향기가 좋았는데
기호성도 유통기간이 있는지
오늘 먹어보니 특징 없는 밋밋함에 실망한다
계속된 같은 맛에 질렸는지
까다로운 혀끝은 높은 점수 대신
덜 채워진 만족감에 아쉬움이 고개를 흔들고
부족한 아쉬움은 갈증으로 마음을 허기지게 한다
낮은 장마 구름은 염소 떼 풀 뜯으러 가듯
앞산을 넘어가고 숲속에 뻐꾸기가 묻는다
여기는 언제쯤 비가 올 것인지를
시간이 이렇게 저렇게 변덕을 부려도
어제 핀 꽃을 밀어내고
오늘 새 꽃이 꽃봉오리를 편다
닭장 옆에서 더부살이하는 참새가
콩고물이라도 떨어질까 봐
오늘은 용기 내어 마당에서 나 보라고 아양을 떤다
에라 그래 내가 로또 복권 당첨 꿈꾸는 것처럼

너도 오늘 횡재수에 당첨되어 보라하고
쌀 한 바가지 부어주니
참새 녀석은 얼씨구나 절씨구나 하고
허수아비 춤을 추며 마누라 자식새끼
다 불러 모아 잔치를 하니 모두 다 오감이 만족하고
신이나 어깨가 으쓱으쓱 거린다
어젯밤에 내린 밤비에 흐르는 개울물 소리가
세상 소식 다 싣고 와 알려줘도
심 봉사 공양미 삼 백석에 두 눈 번쩍 뜨이듯
신통방통한 소리 없고 창 넘어 남풍을 타고 오는
매미의 인생무상가 노랫소리만 귀에 들리고
에잇 될 대로 되어라 하고는
아까워 손바닥이 쥐가 나도록 꼭 쥐고 있던
욕심 줄을 놓아버린다
내가 놓아버린 놀부 욕심보가 날아가
포도나무 가지에 걸리니
몸과 마음이 바빠진 포도는 세상 욕심 다
끌어모아서 쥐고는
포도알 뻥튀기해서 한몫 단단히 잡겠다고
동분서주하고 7월에 하루는
이렇게 손가락을 하나 접어간다

2024. 7. 18.

내 마음을 흔들고

창밖에 매미 소리는 풍금 소리같이
마음에 다가와 매달리고
참새 소리도 따라 들어와 악보를 그린다
토닥토닥 떨어지는 빗방울은
소녀가 누르는 피아노 건반 소리 같고
설거지하겠다고 자전거 타고 가는
뒷집 할배 내리막길
브레이크 잡는 소리가 밭 가는 농우 소
워워 세우는 소리 같고
마음 급하게 먹는 내 마음마저
브레이크를 잡는구나
장마철 내리는 빗물 기운에 등을 타고
하루가 다르게 커가는 밤송이는
구슬을 굴리고 놀더니
어느 사이에 탁구공만큼 커져
내리는 빗방울에 공놀이를 즐기고
슬쩍슬쩍 부는 바람은 아가씨 치맛자락 흔들 듯
감질나게 세월에 뒷장 패를
들었다 놓았다를 하며 간을 보고
배롱나무 분홍빛 꽃구름은
몽실몽실 피어나 내 마음을 흔들고 있네

2024. 7. 18.

좋아하는 음악

장마철 비에 다져지고
무더위에 헐떡거리는 육신은 무기력하고
구름 덮인 하늘 속마음은 하나도 모르겠네
어둠 타고 기세 오른 모기 깔따구는
저승에 아차 아귀같이 마구잡이로 달라들어 물어뗀다
몸도 마음도 진이 빠지고 무더위에 지쳐갈 때
구세주같이 즐거움을 주는 노랫가락을 들으면
음악은 영혼에 마술을 걸어
뛰는 심장에 박자를 맞춘다
뽕짝 뽕짝 거리는 리듬은
팔다리를 흔들어 음률에 따라
오르막 내리막을 올랐다 내렸다 시소를 타고 나면
마음에 복잡한 머릿속 그림자는
비둘기 털갈이 하듯 하나둘 떼어내고
한 박자 두 박자 발동작 호령하는 춤 선생이라도 된 듯
쿵짝거리는 음악 소리와 하나가 되어 고개를 까닥까닥거린다
이렇게 한 곳에 정신을 팔고 오면
가벼워진 몸과 마음은 용기가 생기고
용기는 욕심을 꼬드겨 희망으로 삶을 끌어안는다
좋아하는 음악은 강 위에 배를 띄워놓고
사람을 태워 좋은 기분으로 진로를 바꾸어 놓는다

2024. 7. 18.

7월 어느 날

종이에 먹물 번져가듯 오늘 하루도 시간에 낚여
생사를 놓고 줄 당기기를 한다
반항해 본들 결국에는 세월의 망태 속으로 담겨 박제되어
달력 속으로 빨려 들어가
얌전히 줄을 서는 오늘이지만 아쉬움은 남는다
장맛비는 끝이 가까이 왔는지 밑천이 다 떨어져 가는지
오락가락거리고 시원한 나무 그늘이라도 찾아가
쉬어 보려고 자리를 깔면 먹고 살아볼 거라고 모기는
동냥 그릇을 들고 귓가에서 불쌍하게 앵앵거리며 구걸하고
나는 피난민처럼 놀라 얼른 방으로 들어온다
구름이 부르는 요술에 주문인지
꽃잎이 불러 달려오는 벌, 나비의
날갯짓에 바람인지 몰라도 나뭇잎은 까딱까딱 게 춤을 추고
날 잡아 벌이는 굿판같이 양 사방에서 시끄러울 만큼
신명 나게 놀아대는 매미 소리에 숲속에 새들도
노랫소리 멈추고 그 소리 장단 한 수 배워 볼까 싶어
귀를 기울이고 반갑지도 않은 손님 무더위도
바람을 타고 와 덥다고 내 옆자리에 앉는다
방바닥에 누워 보면 풀을 붙여 놓은 듯
등은 착 달라붙고 7월을 다려내는 땀방울은
자리를 눅눅하게 만들어 사람을 불편하게 한다
나뭇가지에서 식곤증으로 졸고 있는 참새가 부럽네

2024. 7. 19.

기다림 사랑

보고픔이 눈으로 읽어가는 글처럼
소리 없이 줄줄이 다가와도 참고
그리움이 삼베적삼에 땀 배어 나오듯
줄줄 흘러도 참고 먼저 사랑한다고 말하기가
벙어리 말문 터일 만큼 어려운 사람아
먼저 다가가 용기 있는 고백보다
가슴속이 그리움으로 문드러지도록
참는 끈기를 택한 이야기 속 조선에 여인아
신호등이 가라면 가고 멈추라면 멈추는
사랑에 초보인 그대
좌우 깜빡이도 있고 추월도 있는데
숲속에 핀 꽃 향기가 없어
벌이 그냥 지나갈까 봐
비를 품은 구름이 그냥 지나갈까 봐
어두운 밤 모닥불 피워놓고
불나방이 날아오길 기도하며
낮이나 밤이나 오매불망
사랑을 기다렸다는 고백을 듣고 보니
기가 차서 눈물이 나 할 말이 없네

2024. 7. 19.

햇빛 나는 날

여러 날 비 온 뒤 처음 보는 햇빛이라
잊고 지내던 옛 연인에 편지처럼
가슴을 설레게 하고
이슬을 잔뜩 머금은 나락 논에
일하는 왜가리 하얀 털 다리가 다 젖었네
철조망을 타고 넘는 나팔꽃은
올해도 성공했다고
개선장군 행진가에 부는
쌍나팔을 불어대며 뽐을 내고
시원할 때 고추 수확하겠다고
밭으로 일 나오는 뒷밭 할매
오토바이 소리가 바람 소리처럼
휙 지나가면 약속이나 한 듯이
산 밑 밭 주인 동생 트럭도
황소같이 힘차게 오르막길을 오르고
들리는 듯 안 들리는 듯
사부작사부작 발걸음 소리에
벌써 인기척을 눈치챈
마당 개 짖는 소리가 나는 걸 보니
깨밭 주인 아재도 밭일을 나오나 보다
햇빛 좋은 날 개미 햇살 주워 물어가듯

찬란한 햇빛이 젖은 땅을 말리니
벌들이 꿀을 찾아 꽃을 찾듯이
사람들도 일거리를 찾아
자기들 영역으로 들어가
삶에 문제를 풀어가고
참새는 짹짹거리며 한몫하고
매미도 오늘 자기 할 일이라고
한 오백 년 타령을
어느 명창에게 배웠는지
가슴이 시원하게 노래 잘하네
아침 커피 한 잔으로
베짱이처럼 놀고 싶은 생각을
알약 삼키듯 꼴딱 넘기고
남들처럼 들로 나아가
땀 꽤나 뽑아 볼까 하고
마음을 다잡는 중인데
그사이를 못 참고 시샘 많은
마당 개는 남들 열심히 일하는데
일하러 안 간다고
마누라 대신해서 궁시렁궁시렁거리네

2024. 7. 20.

소낙비

푸른 하늘에 뜬 구름 몇 점
눈을 깜박거리더니 등 뒤에서
태양 눈 가리고
아는 둥 모르는 둥 그사이에
산 넘어서 망보던 구름이
냇물 흘러들듯
소리 소문 없이 하늘을 꽉 메우고
번개의 손 신호가 번쩍 올라오더니
말은 탄 듯이 천둥은 함성을 지르며
하늘나라 동서남북을 가로지르며 급박을 해대고
빗방울은 전쟁터 화살같이 마구 쏟아진다
천지간에 하늘에는 천둥소리가
땅에는 빗소리밖에 안 들리는구나
소낙비 피해 볼 거라고
찡그린 인상에 자전거 오토바이를 타고
집으로 허둥지둥 달아나는
사람들에 모양이
우리 집 수탉 비 맞은
모양이랑 같아 우습구나
이왕지사 틀렸다 싶어
하우스로 들어가 이 비 그칠 때까지

있을 요령으로 자리를 잡고 앉아 있으니
비에 젖은 개구리도
펄쩍 뛰어들어 오고
두꺼비도 엉금엉금 기어들어 온다
소낙비가 세차게 하우스 지붕을 때려대니
그 느낌은 이웃집 난봉꾼이 살림살이 부숴가며
벌이는 부부싸움 소리와 같이 거세
마음이 불편하고
세상을 들었다 놓았다 하는
천둥소리 빗소리는 불안감을 조성하는데
처음에는 대포 소리를 내던 천둥소리도
힘이 빠졌는지 화약이 떨어져 가는지
이제는 구루마를 끌고 가듯
덜컹거리는 소리가 나고 빗소리도 가늘어지고
가는 빗소리는 고운 피아노 소리를 닮은 듯하고
이제야 제대로 된 빗소리 감상
한번 해보자고 자리 잡으니
언제 비 피해 들어왔는지 모를
참새 두 마리가 무슨 이야기를 하는지
등 뒤에서 쫑알쫑알거리네

2024. 7. 20.

여름날 오후

7월 장마 끝자락에서
하늘이 비로 상한 마음 달래려 보여주는
산뜻한 풍경에 아름다움은
어제 태어난 망아지 눈에 비친 세상처럼 신기하다
푸른 하늘에 흰 구름은 철길을 깔고
반가운 손님 남풍은 열차를 타고 날 보러 온다
나뭇잎은 반갑다고
먼저 보자고 여인의 유혹같이
손을 반짝거리고
매미는 자기가 먼저라고
시장바닥 아재처럼
큰 소리로 호객한다
남풍이 풀어 놓은
시원한 한때의 기운에
배가 부르도록 즐긴 생물들은
오늘 하루는 기분 좋은 일로
일기를 쓸 것 같다
덤으로 즐기는 붉은 고추가 마르는 마당 위에서
춤추는 고추잠자리들의 화려한 비행 군무가
한여름 오후에 추억으로
손자가 그려주는 그림같이 가슴에 남네

2024. 7. 21.

소서와 대서 사이

빗줄기는 한발 앞서 주인을 따라나선다
강아지 모양 발자국을 남기며 따라오라 하고
한평생 삶을 그리다가 간 대문 잠긴 빈집에
홀로 자라난 호박덩쿨이
빗속에 열매를 입에 물고 큰 꽃잎이
집주인 할매가 나 살아 있네 하고 활짝 웃는 듯 피어난다
7월 말 장마는 난봉꾼 돈 쓰듯
비를 요량 없이 마구 퍼부어대더니
구름이 부족했는지 노름꾼 급전 당겨쓰듯
산안개 물안개 안 가리고 공출해
허세 구름으로 충당하느라 비지땀을 뻘뻘 흘린다
소서, 대서 절기의 대세를 올라탄
매미 찌르레기는 하인 부르듯 무더위를 부르고
잠깐 그친 장마 구름 사이로 햇살이 비추니
나뭇잎 콩잎 풀잎은 젖은 잎을 말리고
전깃줄 위 비둘기는 날개를 말리는구나
어쩌다 요행수에 복이 터졌는지
목줄 풀린 마당 개는 주인 오는 차 소리 알아듣고
대문 밖까지 달려 나와 꽹과리채 휘두르듯
꼬리를 신명 나게 휘둘러 대는구나

2024. 7. 21.

봉숭아 꽃

장마 끝자락에 선 날씨는
대서 고개에 올라서고
화로 단지 같은 중복을 향해
오늘도 게걸음으로 걸어가고
잘 익으면 한입 얻어 먹어보겠다고
오늘도 포도나무에 출근 도장 딱 찍은 매미는
한여름에 나무 그늘에서 부르는 노래를
독창으로 세상 사람들
다 듣도록 부르고
포도 열매에 침을 발라 놓고
자기 것이라고 아무도 손대지 말라고
순찰에 경고 나팔을 분다
채소밭 언덕에 선 봉숭아 오 형제
튼튼한 절구통 몸맵시에
동네 사람들 다 나눠 먹고 남을 만큼
많은 꽃봉오리를 상머슴 꼴짐 짊어지듯
빈틈없이 매달고
아래 가지부터 동네 처자 선보이듯
꽃을 피워 세상에 아름다움을
뽐내다 시간에 독촉을 못 이겨
벌 나비가 맺어주는 인연 따라 시집을 가

씨앗을 맺으면
내리는 밤이슬이 무거워
볼일 끝난 꽃잎은 떨어지고
길 가던 개미 오늘 아침부터
횡재수에 신이 나 얼른 물고 가고
나비도 아는 듯 모르는 듯 살며시
한입 물고 가
아이들 소꿉장난할 때
이쁘게 손톱 발톱 물들이며 놀라고
장난감으로 쓸 모양이네
이참에 나도 봉숭아 꽃잎을 따다가
손녀 이쁜 손가락에 물들어 주면
손녀가 방긋 웃어줄까?
깜짝 놀랄까?

2024. 7. 22.

비둘기

카드섹션을 하듯
변검 공연을 하듯
백일홍은 날마다 다른 얼굴로
어제 그 자리에 서서
반가운 님을 만난 듯
활짝 웃으며 피어 있고
산마루에 걸려 있는
뭉게구름 꽃구름은
사랑 고백하러 가는
청년 손에 들린 흰장미 꽃다발같이
몽실몽실한 생기로 피어나
푸른 하늘에 누리고 싶은 세상
마음대로 그려 나가고
형식도 격식도 품격도 없이
불러대는 풀벌레 노랫소리
매미 노랫소리
마음대로 나오는 대로
노상 방가를 제 기분대로 부르니
박자도 음정도 하나도 안 맞네
조금씩 양보해서 한 소절씩 부르던지
아니면 입 맞추어 합창해 보던지

지휘자가 없으니 엉망진창이구나
봄철 새끼 키운다고
야위어진 몸보신 한다고
뒷집 아지매, 아재 몰래
비둘기는 참깨밭으로 숨어들어
고소한 참깨 배 터지도록 까먹는다고
더운 줄 모르고
해거름쯤
뒷집 아지매 밭에 나와 보면
동네 비둘기 모두 모여
중복 잔치 치른 참깨밭 둘러보면
목 잡고 쓰러지겠네

2024. 7. 22.

그리움

한여름 밤 별빛은
밤이슬에 묻어 와 나뭇잎에 잠들고
하루 종일 물놀이 뜀박질 놀이에
하루해가 아쉬운 아이는
엄마가 들려주는 옛날이야기에 귀가 솔깃하고
살랑이는 시원한 부채 바람에 눈꺼풀은 감기고
동화의 나라로 여행길을 나선다
우여곡절 많은 한여름 밤에 하루는
이렇게 어둠 속으로 젖어 들고
세상 존재들은 꿀잠 속으로 빠져든다
그리움은 홀로 외로움에 흐느껴 울다가
내 손을 잡으며 잠을 깨운다
고요한 밤에 침묵은 바닷물이 흐르는 소리를 내고
우렁각시가 짝을 부르는 피리 소리가 색깔을 입힌다
쥐구멍을 지키는 고양이처럼
어둠은 살았는지 죽었는지 움직임도 없고
졸고 있는 듯싶어도 길거리 가로등은
모든 움직임을 칼날처럼
날카로움으로 빈틈없고
너에 대한 그리움에 생각만 오고 갈 뿐이네

2024. 7. 23.

소낙비 구름

햇빛은 더워서 갈증이 나는지
냉수 한 그릇 청하고
7월 말 햇살은 남국에 더위다
바다보다 더 짙은 푸른 하늘에
바둑판 백돌 같은 흰 구름이 포석을 놓아대니
흑돌 같은 먹구름이 이곳저곳을 막아서니
맞수를 만난 소나기구름 제대로 한판 붙었네
산들바람이 길을 내니 눈치 빠른
날짐승 들짐승들은 비에 젖을라
설거지하려 하던 일 내팽개치고
집으로 향하고
선발대 빗방울이 먼저 들길을
촉촉이 적시며 길을 닦고
큰바람에 타작하듯이
우당탕 쏟아지는 닭똥같이
큰 소낙비가 땅이 패도록
세게 부딪혀 빗방울 깨지는 소리가
유리창 파편 튀듯 흩어지고
바쁜 걸음을 한 박자
쉬어가자 하네

2024. 7. 24.

잠은 안 오고

잠이 꽃을 꺾듯
생각을 꺾어든다
바람이 나뭇잎을 흔들 듯
꿈길 끝은 생각에 다리를 놓아
잠을 깨운다
어둠은 강물 속같이 깊어
그 깊이를 모르고
샘물 솟아오르듯
줄줄이 이어져 나오는 생각은
그 끝을 모르겠네
모래에서 사금을 찾듯
사람들은 저마다 귀중한 것
그 무엇인가를 꿈속에서 찾아 헤맨다고
옆도 뒤도 안 돌아보는데
토끼잠 한숨 자고 난 나는 잠이 안 온다
이 일을 우짜노
겨우 벽시계는 어젯밤 이야기의
마지막 벽돌을 다 쌓았는데
오늘에 출발점인 오른쪽 들판이 쫙 다 비어있는데
가난한 살림살이 옷 기워 입듯
잠 안 오는 방 안에서

프라이팬 부침개 뒤집듯이
생각을 이리저리 구워보지만
묘수는 없고 집 나간 잠은 인연이 없는지
꼬랑지도 안 보이고
오늘 밤에 잠도 강태공 낚시 망태 모양
빈 망태만 어깨에 매달려
달랑거리겠구나

2024. 7. 24.

중복 더위

간밤은 더웠다
잠은 모기 모양 자리 못 잡고 귓가를 맴돌고
선풍기 바람도 에어컨 바람도 싫어
창문을 열어 놓아도
시원한 숲 그늘 산바람을
파리·모기 나방이 다 물고 갔는지
내 몫은 없고 오갈 데 없는
더운 바람만 내 덕 좀 보자며 찾아들고
어젯밤에는 태양이 노숙했는지
아침부터 매미 새끼는 덥다고
피서가자고 졸라대고
무던한 흰 구름은
오늘도 말없이 태양을 태우고
중천을 향해 달린다
중복 더위에 숨통은 막혀오고
더위에 지친 몸은
입맛이 없다고 몸에 좋은 것
입맛 당기는 것 먹어보자고 졸라대고
할 일이 많아 조금 일하다 보니
머리 목에서 발원한 땀은
등짝 골 가슴골을 지나는 내를 만들어

줄줄이 흘러내리고
비둘기 몸은 나무에 있어도
마음은 콩밭에 있다고
나무 그늘밖에 안 보이고
한숨 돌리려 나무 그늘 찾아드니
먼저 와 있던 모기 하루살이 떼 자릿세
내놓으라고 텃세를 부리네
이래저래 힘든 여름
언제쯤 바람은 가을 내음 싣고 오려나
그날이 기다려지네

2024. 7. 25.

왜 모르는가

때가 덜 된 인연은 대꾸하지 않는다
시간이 돌고 돌아 인연이 때가 되면
우연인 척해도 필연이 되어
다시 모습을 나타내고 인연에 깊이 따라
끌리는 감정 크기가 정해지고
그 인연이 다 할 때까지 이어진다
어느 날 매듭 풀어진 실처럼
가볍게 떠나는 것이 삶에 이치다
강렬히 원하든 원하지 않든 비가 될 운명이라면
흰 구름도 모여들어 먹구름이 되고
비가 안 될 먹구름은 시간이 아무리 불러 모아도
바람이 한 올 두 올 풀어 물어가
그 인연 풀어져 가벼운 흰 구름 되었다 사라진다
세상사 모든 일이 애쓴다고 되나
콩의 일생은 콩이 되고 팥의 일생은 팥이 될 뿐이니
부질없는 욕심 부여잡고 헛된 마술에 용쓰지 말고
오면 오는 대로 가면 가는 대로 좋은 인연이니
오고 감을 탐하지 말아라 누가 울고 누가 웃는가?
세상사 허무하고 의미가 없는 것이 삶인 걸
그대는 아직도 왜 모르는가

2024. 7. 25.

에어컨

한여름이라 그런지 강렬한 햇살은
강나루 자갈 모래알이라도 삶을 듯
화력을 올려대고 나뭇가지에 붙은 청개구리마저
숨을 헐떡거린다
배가 고파서 삼계탕이라도
한 그릇 하러 갔는지
너무 더워 의욕을 상실했는지
매미 소리마저 딱 끊어지고
나무 그늘에 누워
복 타령하는 마당 개 헐떡거리는 숨소리가
시계의 초침을 돌리고
태양은 하늘 중천에서 조금씩 미끄러져 간다
소 등을 다투는 것이 소낙비라 말하지만
어느 곳 어디라도 좋으니 소낙비 한줄기 내리면
하늘과 땅을 꽉 채운 더위가
조금 씻겨 나가
막힌 바람길이라도 틔워 줄 것인데
이것도 저것도 안 되는 진퇴양난
이럴 때는 미우나 고우나
에어컨 밑이 천국이네

2024. 7. 26.

삼복 무더위

물소리 시원한 계곡이 좋고 두툼한 나무 그늘이 좋은 여름
푸른 하늘 흰 구름 푸른 바다 흰 파도
그리움에 부서지는 소리가 좋은 한여름 삼복더위에
신이 난 참깨는 혈기 왕성하게
마지막 꽃 나팔을 힘껏 불며
기세등등하게 벌, 나비 불러 세우고
처음 생겨난 꼬투리가 익어
입을 반쯤 벌려 신호를 보내면
참깨밭 주인은 내일 모래 수확할까 손가락을 꼽고
뜨거운 햇살에 고소하게 익어가는 짙은 향이
산속 비둘기 집까지 소문이 났는지 삼복더위쯤은 괜찮다
모래찜질도 하고 사는데 말하고 산비둘기 가족들 총출동해
참깨밭 주인인 척 참깨를 틀고 있다가
인기척에 놀라 허둥지둥 달아나는 걸 보니
비둘기가 서리꾼이구먼 뭉게구름 한 조각이
해를 가리고 있다만 그래도 덥다
그렇지만 오늘도 살아 내야 할
하루이기에 힘내고
이왕 넘어가야 할 삼복 무더위 고개
웃으며 넘자

2024. 7. 26.

엉뚱한 생각

억지로 내리는 시늉만 하는지
준비가 부족했는지
장마 뒤끝 잔치는 어설프다
그래도 소나기 한줄기가
등목이라도 쳐주니
열기가 조금 내려가는 듯하고
냉수 한 사발 얻어먹고 난
나뭇잎이 기분 좋아
코끼리 귀 펄럭이듯 잎을 펄럭이면
바람은 방학 시작한 아이들 모양
물놀이가 하고픈지
강가로 달리는 바람 덕에
조금 시원하고
심심한지 매미는 나무 그늘에서
자기랑 점심 내기 바둑이라도
한판 겨루어 보자고 꼬드기고
한판 붙어서 시원한 냉면
공짜로 먹으면 두 배나 기분 좋겠지
냉면 맛 한 번 볼까 생각하니
의욕이 생기네

2024. 7. 27.

삶의 문제는 마음이야

시간은 염주 알 굴리듯
하나하나 매미 소리에
여름날을 꿰어간다
하고픈 일은 많으나
더워서 몸 붙이고
만만하게 놀 곳 없어
이래볼까 저래볼까
머릿속 생각은 가을날 메뚜기 모양
이래 뛰고 저래 뛰고 허둥지둥거린다
결국에는 에어컨 밑에 지게 자리를 놓는다
삼복더위에 몸과 마음은
오일장 문어 늘어지듯 축 늘어지고
무엇이든 해야 한다는 강박감이 압박해 와도
고장 난 기계처럼 몸은 움직이기 싫고
편안한 방법을 택한다
편안한 것 좋은 것은
절대 평가가 아니라 상대 평가라서
만족을 모르고 장마철 곰팡이 생기듯
지루함이 싹을 틔우면
불만족에 불평을 노래한다
오호라 그렇구나

그래서 마음에 물꼬가 필요한 것이야
욕심이 아무리 많이 밀려와도
물꼬가 있으면 그냥 미련 없이 흘러가니
마음은 항상 동요 없이 감당할 수 있을 만큼
늘 같은 높이로 유지가 되니
어찌 행복하지 않겠는가?
삶에 문제는 마음이야!

2024. 7. 27.

새벽 반달

한여름 밤 어둠은 갈길 몰라
작은 별 손 잡고 허둥지둥거리고
흐르는 시간에 씻기고
흐르는 구름에 닦이여
새벽 반달은 하늘 가운데
황금 목걸이를 걸어 놓은 듯 반짝거린다
새벽 반달 빛은 가는 어둠 뒷길 비추어 주고
오는 새벽 앞길 비추어 주네
보름달을 꽉 채워 살다가
이것저것 다 버리고
마지막 미련이 남은 욕심이
밤과 낮에 인연을 이어준다
어슴한 새벽이 걸어오는 발걸음 소리에
마당 개가 짖는다
풀잎과 별빛의 소곤거리는 소리는
이슬로 맺혀지고
아침이슬은 들녘에 놀려왔다가 돌아가는
노루 발목을 잡는다

2024. 7. 28.

새벽 풍경

님의 그림자같이 반달은
조용히 새벽길을 걷고
하늘 한 모퉁이 흰 구름 조각 하나 생겨나
짝을 찾아 낚싯줄에 낚인 물고기 모양
달빛을 쫄랑쫄랑 따르고
깊은 고요 속에 비 온 뒤 죽순 돋아나듯
어둠 저편에서 불쑥 솟아오르는
닭 울음소리는 안개 깔리듯 이슬 젖은 땅 위에 깔리고
씨앗이 싹을 틔우듯 병아리 알에서 깨어나듯
하나둘 잠에서 깨어나
밤사이에 별빛이 흘리고 간
새벽 낭만에 부스러기를
찾아볼까 싶은 생각으로 일어나
창을 열면 상큼하고 달콤한 새벽에 향기가
코끝을 간질거리고
물감이 풀리는 듯
동녘 산이 어슴하게 물들어오고
창공에 먼 길 떠나는 새 날갯짓 바람 소리에
주황빛에 화장이 썩 잘 어울리는
백일홍의 꽃잎이 번쩍 눈을 뜬다

2024. 7. 29.

폭 염

아침부터 물난리가 난 홍수처럼
땡볕에 열기는 땅을 휘젓고 다니고
햇살에 고드름 녹아내리듯
땀방울은 온몸에서 녹아내린다
사람 손에 잡힌 산토끼 숨 헐떡거리듯
가쁜 숨을 몰아 쉬어보지만
그 열기 사그라지지 않고
정오를 지난 햇살은 용심이 나는지
신이 나는지 더 열을 올려대니
매미 풀벌레마저 어이없어
노랫소리 딱 그친다
작년 다르고 올해 다른
심한 더위 이 세상
앞날이 어찌 되려고
이다지도 더운지 모르겠네
그늘 없는 햇살 속을 걸어가기만 해도
바늘로 찌른 듯이 땀방울이 송골송골 솟아나
소낙비 맞은 듯이 옷이 땀으로 흠뻑 젖어
젖은 수건 물 짜듯
후루룩 흘러내린다
얼마나 더운지 나무 그늘마저

뜨거운 호흡을 내뺴고
덥다 소리가 염불 외우듯
절로 나오고 햇빛 보기가 무섭다
오늘도 에어컨 찬바람 앞에 앉아
강 건너 불구경하듯
푸른 하늘 강에 떠내려가는
흰 구름만 쳐다보네

2024. 7. 29.

삶

삼라만상이 어둠 속에서
잠을 찾아 모래 속으로
물 스며들 듯 꿈속으로 스며들 때
연극 무대 뒤에 선 배우 모양
시간은 오늘 뒷무대에서
내일을 연습하고
계절이 옷을 갈아입듯
새들이 털갈이하듯
시간도 묵은 털 벗어 어둠 속에 버리고
새털로 갈아입는다
공작새 꼬리 부챗살같이
아름다운 아침 햇살은
동녘 산을 올라와
온 누리에 쫙 펼치며
부채질을 살랑살랑 해대면
세상 만물은 베 짜는 여인처럼
한올 한올 햇살을 물어다
어제를 이어갈 하루 천을 짜
삶이란 커다란 두루마리를 말아간다

2024. 7. 30.

퇴근길

곳간에 든 생쥐 나락 까먹듯
산그늘이 햇빛을 야금야금 까먹어
뒷산 그늘이 앞산 발목을 기어오르고
한낮 더위에 맥 못 추던 매미
비로소 말문을 튼다
산속 계곡 깊숙이 숨어 있던
어둠도 산 그늘 등에 업어 나와
들녘에 자리를 깔고
석양에 저녁 노을빛이
나비를 부를 때까지
지그시 기다린다
오늘 해가 서산마루를 비스듬히 넘어서면
여기서도 저기서도
걱정 많은 비둘기 어미
올봄에 태어나
일 나갔다가 늦게 돌아오는 아들딸 걱정에
이름을 불러대고
엄마가 부르는 소리 들었는지
해 질 녘 하늘이 복잡하도록
허공을 가르네

2024. 7. 30.

바람에 길목

가는 칠월이 오는 팔월에게
무더위 바통을 건네고
오늘도 남국에 태양은 땅을 한 꺼풀
벗길 심산인지
소낙비 퍼붓듯이
세차게 땅을 두드려 대면
땅바닥도 어묵이 익듯 익었는지
아지랑이 김이 모락모락 피어오른다
뜨거운 열기에 놀란 나뭇잎에 몸부림이
모이고 모여
작은 바람이 만들어져
하나둘 모여들어 바람길을 만들고
바람이 지나가는 길목 언덕배기
감나무 그늘 아래
참새떼 모여들 듯
아침 일로 땀이 흠뻑 밴
할배, 할매가 땀 식힐 마음으로
자리를 잡으면 논물 보러 가던 아재도
이야기에 끼어들고
고추 따 오던 아지매도 끼어든다
바람이 찾아오는 언덕배기는

어느새 동네 사랑방이 되어
동네방네 소문이 다 모여든다
아침부터 매미는 신이나
노랫소리 길게 빼고
여치는 한창때인지 가을 기러기 소리 기다리는
버드나무에서도 운다
밤톨 삼 형제가 꿈꾸는
밤나무에서도 누군가가 청춘가를 불러대는구나
시간의 뒷걸음질에 잘못 걸려든 땡감이
세상사 부질없다는 오도송 한 수를 읊조리며
숲속으로 나비 밥 되려 굴러가고
나는 나무 그늘 평상에 앉아
파리, 모기 쫓듯 늙어오는 시간을
부채 바람으로 살랑살랑 날려 보내는
도술을 부리고 있네

2024. 7. 30.

인생 뭐 별것 있나

때를 만난 무더위는
아침부터 임금님 행차하듯
위풍당당하게 길을 나서니
행차 길이 비좁다
풀벌레는 피리를 불고
매미는 나팔을 분다
구불구불한 마을 길을 따라
춤을 추듯 늘어선 배롱나무는
뭉게구름 같은 꽃을 피워
지나가는 벌 나비 징검다리가 되고
하늘에 뜬 구름 뭉치는 시간에 징검다리가 되네
나비 날갯짓 같은 작은 미풍이
나뭇잎을 흔들면
나뭇잎 밑에서 숨바꼭질하는
개구쟁이 머리 같은 밤송이 머리가
보일락 말락 거리고
노는 듯싶어도 칠월의 마지막 날에 햇살을
열심히 끌어모아
곳간에 저장하고
실바람에 땀을 식힌다
오늘이 지나면 더위와 마지막 씨름

팔월 한 달이 남고
이랬든 저랬든 세월에 약속은
틀림이 없으니
산 넘어 그늘진 북쪽 집에서
시간은 가을바람 소식을 메고 오겠지
오늘도 덥다
세상사 용빼는 재주 있나
나무 그늘에서 신선들 바둑돌 놓듯
세상이 장군아 부르면
나는 멍군아로 응수하고
내 복 그릇에 담아주는 복
감사히 받아 들고
있는 한도 내에서 물 쓰듯 쓰며
살면 되지
인생 뭐 별것 있나?

2024. 7. 31.

단 맛

세상 사람이 다 불러도 안 간다
내 마음 꽉 채운 너
혼자 불러도 나는 달려간다
왜냐하면 너가 보고 싶고 좋으니까
가만히 있으면 조심스러운 나비처럼 살며시 다가와
천천히 날갯짓으로 왔음을 알린다
나비 입에 묻은 침에
작은 사랑에 씨앗이 묻어 와
꾹꾹 눌러 심장 언저리에 심어두면
호박씨 싹 트듯이 자리를 잡으면
그리움 보고픔은 호박 넝쿨 뻗어 나가듯
날로 커지고
장난스레 시작한 좋아하는 마음은
사랑에 의미를 두고
조금씩 물들기 시작한 내 마음 모두가
너의 색깔로 바뀌어 간다
사랑에 온몸이 중독된 내 마음은
당신의 아바타가 되어
당신이 웃으면 웃고
당신이 울면 따라 운다
계절이 옷을 바꾸어 입어도

꽃이 피면 꽃송이만 보이듯
자고 일어나면 세상에 너밖에 안 보인다
사랑이 발라 놓은 꿀은
세상 어느 것보다
단맛이 있어 다른 것에는
눈길도 안 간다.

2024. 7. 31.

해바라기

팔월에 꽃 해바라기는
코끼리 귀만큼 큰 잎을
사다리를 놓고 하늘을 향해
살금살금 올라가
해가 잘 보이는 곳까지 이르면
노란 꽃잎을 펴고
태양을 향한 일편단심을 고백한다
그 사랑 고백이 받아지면
보름달만큼 커다란 얼굴에서
주름살이 활짝 펴지도록 행복해서 웃는다
곳간에서 곡식을 퍼내듯
햇살 닮은 꽃가루를 마구 쏟아내면
이제나저제나 하고 때를 기다리던
이웃에 벌, 나비
득달같이 모여들어 잔치하고
거동이 불편해 못 오고 바빠서 못 온 식구들
맛보이고 싶은 사랑하는 마음에
몸 고달픈 줄 모르고
하루에도 몇 번이나 이고 지고
욕심이 손을 놓을 때까지
땀을 뻘뻘 흘리며

행복을 물어 나르고 있다
머리끝에서 발끝까지
오직 하나에 사랑을 위해 사는 꽃
해를 좋아해 이름도 해바라기가 되어
오늘도 하늘에 해만 바라보고 있다
그 마음을 아는지
해는 오며 가며 알게 모르게
사랑에 정을 해바라기 씨앗에
촘촘히 심고 있다
강아지 어미 품속으로 파고들 듯
밤이슬이 여름 별빛 속으로 스며들고
여름철 한때의 낭만이 시간을 타고
여행을 떠날 때 해바라기에 열정도 씨앗 속으로
여행을 떠난다
땡볕 햇살이 남겨 준
사랑에 증표를 잘 밀봉하고
다음 년 봄 햇살이 깨워줄 때까지
사랑만이 있는 행복한 꿈속으로
새벽 이슬방울같이 흔적을 남기고
차츰 멀어져 간다

2024. 8. 1.

학

출항 뱃고동 울리듯 아침햇살은
동녘 산마루에 올라
종소리같이 온 누리에 울려 퍼지고
잠에서 깨어난 만물들에
삶의 호흡소리가 박자를 맞춘다
흰 눈같이 순백색이 고운 두루마기 같은
옷을 입고 푸른 솔 꼭대기에
가부좌를 틀고 미동도 없이 앉아 있는
학 모습은 법륜이 높은 고승같이
한눈에 확 빨려들고
그 소나무 아래로 가면
인생에 도움이 될
법문 한 소리 들을 수 있을 것 같네
매미 학교 아이들 방학을 했는지
가족들이 피서를 왔는지
아침부터 양 사방이 시끌벅적한 걸 보니
마지막 한여름 힘든 고개 올라가나 보다

2024. 8. 1.

고추잠자리

입추는 코앞에 얼렁거리는데
몽골 기마병같이 칠월 장마 강을 건너온
팔월에 기세등등한 햇살은 칭기즈칸 칼날처럼
거침없이 세상을 정복해 나간다
쏟아지는 햇살 뜸질에 모두 다 나자빠지고
팔월 무더위 열대야 소리만 들어도
삼십육계 줄행랑이다
시냇가 마실길 따라 운동장에서
학생들 조회하듯이
쭉 늘어선 배롱나무꽃은
술기운이 오른 듯 더운 열기가 차올라
불이 붙은 듯 발그레 타오르고
더 늦기 전에 잘 먹고 잘 놀아 보자는
한량 매미가 불러대는
권주가 소리에 더위에 취한
잠자리 떼의 군무가 한 하늘
가득히 펼쳐지고 나풀거리는 날갯짓 소리가
바람을 일렁거리면
나무그늘 아래 자리 깔고 누워있는
손자 손녀가 낮잠 속으로 녹아들어 간다

2024. 8. 1.

손자의 여름방학

팔월의 땡볕에 열기는
포도송이를 익혀가고
먹구름 소나기는 비를 타고 내려와
포도송이를 알록달록한 색깔로 물들여 간다
한 일주일쯤 땡볕에 그을리고
시간이 고물을 채우면
흑진주같이 오묘한 색깔이
기름을 칠한 듯 옻칠을 한 듯 윤기가 서리고
단맛이 하얀 분가루를 뿌리며
미각을 자극하면
잠자던 식욕에 방아쇠는 당겨지고
충동질 당한 욕망은
행동으로 만족감을 택하겠지
방학이라고 할머니 할아버지 집에
놀러 온 손주 손녀가
쥐구멍 앞 지키는 고양이 모양
하룻밤 자고 나면
포도나무 아래로 가 한 알 따 맛보며
시큼하다고 고개를 절레절레 흔들며
“할아버지, 이 포도는 언제 익어요?” 하고 되묻는다
물놀이 갔다 와 배가 고파

국수 한 그릇 마법같이 뚝딱 하고 나면
남풍 따라 소풍 나온 낮잠에 낚여
돌멩이 구르듯 형식도 격식도 없이 가로 세로로 누워
낮잠 한숨 즐기면 여름방학 하루는
소리 소문 없이 사그라든다

2024. 8. 1.

말세의 징조

기세 좋고 힘 좋을 때
욕심이 원하는 것만큼 가질는지
입추 말복을 코앞에 둔 무더운 날씨는
아침부터 힘자랑하며
허리띠를 조여오고 있다
가만히 숨만 쉬어도
오르막 오르듯 숨은 가파오고
이마와 등에서 땀이 줄줄 흐른다
기후학자가 말하지 않아도
환갑 지난 육십 대 몸
작년 다르고 올해 다르듯
날씨도 지난해 다르고 올해 다르네
말세라고 말하지 않아도
어렴풋이 느낌으로 살아갈수록
힘이 들어가는 세상 알 수가 있네
황금알 낳는 거위 이야기가 생각이 난다
인간의 탐욕이 부르는 공멸의 소리가
여기저기서도 아우성을 쳐대도
귀를 막고 내 울타리 앞만 신경 쓰네
지구와 인간과 생물은 하나로 이어진
한 몸통인데

알면서도 모르는 체 이기심만 꽉 채우고
나 아닌 누군가 고양이 목에
방울을 달기를 바랄 뿐
아무런 협조도 안 한다
설마가 사람 잡는다고
어느 날 문득 그 일이 들이닥치면
그때 내가 왜 그랬을까
후회의 눈물은 흘릴까?
각성해라 인간들아
너와 나 내 이웃은 운명공동체라고
매미는 오늘도 참나무에 붙어
기도문 같이 구구절절 옳은 말을
아침부터 목이 터지라고
인간들의 각성을 요구한다

2024. 8. 2.

시간이 약이다

너무 더워서 부는 바람 한 점 없어
간들거리는 나뭇잎 풀잎 하나 없다
폭염이 무서워 아무도 나서지 못하고
선풍기는 죽기 살기로
열심히 날갯짓해 보지만
밑천이 다 떨어져
더운 바람만 토해내고
에어컨 밑에 들어서니
동굴 같은 시원한 바람을
정미기 쌀 찧어내듯 쏟아낸다
너도나도 하루 종일
시원한 에어컨 바람만 찾으면
에어컨이 숨 쉬는 더운 바람은 어디로 갈까
하늘에 구름이 태양을 가려도 덥고
안 가려도 덥고
무더위는 기름을 짜듯
사람들 몸에서 땀을 짜낸다
열대야가 겹치는 날은
불쾌지수를 확 끌어 올리고
칠월 팔월 한여름 두 달은
하루하루가 삼 년 세월만큼 지겹고 힘들다

무더위의 종점 구간 입추와 말복 사이 오르막 고개는
넘기가 매우 힘이 드는구나
이 다리에 구세주는 인내와 시간밖에
아무것도 없구나

2024. 8. 2.

고추잠자리 춤

쓰고 남은 돈 통장에 저축되듯이
어제의 열기 사그라져 안 들고 오늘로 이어져
열대야로 식지도 않는 땅에
공기는 후덥지근해 아침부터
방앗간 참기름 짜듯 땀을 짜낸다
황금같이 반짝이는 햇살은
땅에 부딪혀 폭포에 쏟아지는 물보라같이
시간에 날리어 제 갈 곳으로 흩어지고
세상이 이랬든 저랬든
태양은 장승처럼 말없이 오늘도 약속을 지킨다
세상 만물이 더위에 지쳐 생기를 잃고
축 늘어져 있는 모습이 측은했는지
양심은 있어 잠시 구름 뒤에 살짝 숨는다
물꼬에 물이 찰랑찰랑 넘치는 논벼는
땡볕에 무더위 열대야는 남의 이야기
놀부 욕심만큼 왕성한 생기로 한증탕을 느긋하게 즐긴다
오랜 시간을 물속에서
인내와 고난의 세월을 보낸 잠자리 유충은
허물을 훌훌 벗어버리고
성충이 되어 창공을 자유롭게 나르며
오랜 기다림 끝에 맛보는 삶에 즐거움에

삼복더위는 아무런 문제가 안 되고
짝을 찾아서 사랑을 찾아서
삶의 환희로 몇 날 며칠을 어울려
어깨동무하며 춤을 추며
노을빛이 저녁 구름을 물들여 가도
시간 가는 줄 모르고 신선놀음하듯
힘든 줄도 모르고 군무를 즐긴다

2024. 8. 3.

샛별

꿈길에서 헤매고 있을 때
살며시 새벽 이슬방울의 속삭임에
마당에 나와 하늘을 바라보니
가뭄에 콩 나듯이
드문드문한 별빛이 흐리구나
대기가 오염되어서 그런지
노안이 와서 그런지 모르겠지만
어릴 적 새벽에 나와서 본
그 별빛은 어디 가고
나 어릴 적 한 여름밤에 별빛은
금방이라도 쏟아져
한 소쿠리 다 채우고도 남을 듯했는데
그 별빛도 청춘도 추억 속으로 되돌아가고
삭막한 하늘에 그림이
한평생 살고 난
인생의 그림과 같이 허무하구나

2024. 8. 4.

손자와 손녀의 놀이

밤을 꽉 채운 어둠이 모래 속으로 물 스며들 듯
아는 듯 모르는 듯 사그라들고
연기 피어나듯 몽글몽글 피어난
새벽안개는 어둠에 빈자리를 채워가고
샛별이 떠난 자리엔 둥근 아침 해가 밀고 올라선다
한여름 태양은 아침부터 따가운 햇살을 눈 쌓아가듯
차곡차곡 쌓아가면 그 열기는 고구마라도 삶을 듯 뜨겁다
일요일이라서 그런지 휴가철이라 모두 피서 가고 없는지
매미 소리마저 안 들리고 고요한 세상에 더위만 차고 넘친다
칠월칠석이 내일모레라서 그런지
까치 까마귀는 오작교 다리 공사 부역 갔는지
보이지 않고 은하수 냇가에 사는 견우 할배와
직녀 할매는 아직도 살아 있는지
그때 그 마음 지금도 변함없는지 모르겠네
이참에 비싼 천국 땅 팔아 강남 아파트 한 채 사
매일같이 함께 살았으면 좋겠네
참새 새끼들 옹기종기 모여들어 소꿉장난하듯
손자 소녀가 모여 울었다 웃었다
팔색조의 변신같이 현란한 광대놀이가
몸과 마음이 굼뜬 할배, 할매가 어리둥절한 하루네

2024. 8. 4.

가을을 기다리는 마음

오늘도 아침 햇살은
어제와 같이 반짝거리고
밤안개는 마술을 부리듯
하늘 구름 속으로 빨려 들어간다
행여나 하늘에 뜬 구름
비 한줄기 쏟아 더위 좀 시켜주려나
기대는 나만의 바람일까?
매미 노랫소리 똑같은 노랫말로
매일 불러대니 지겹고 밤낮 구분 없이 덥기만 한 날씨
소리가 나도록 햇볕만 쨍쨍 내리쪼이는
팔월에 태양도 밉다
기분 전환으로 한 번쯤
태양에 열기 버금갈 열정으로
강한 소나기 한줄기 해야 날씨 구색이 맞지
일방적인 폭염 이것은 아니지
시간은 이제 칠월칠석 오작교 건너서 가을 손잡고 오려나
땡볕에 삶에 의지로 활짝 핀 호박꽃을 바라보니
바위틈에 물방울 번져나듯
오늘을 살아갈 힘이 나오고
노력 끝에 성공 있다고 일손을 잡아보네

2024. 8. 5.

더워도 시간은 가고

매미 소리 길게 뽑아
여름 햇살을 낚아 올리고
어제 꽃피었다 맺은 호박은
아침 이슬을 빨아들인다
한물간 배롱나무꽃이
바겐세일 한다고 아무리 광고해도
벌, 나비 찾아주는 이 없고
아침에 피어난 백일홍 꽃봉오리 앞에
문전성시를 이루었구나
시간에 눈금은 저울 같아 그 계산 틀림없고
더운 날 비가 올는지 비를 바라는 마음인지
나뭇가지에 붙은 청개구리가
비를 기원하는 노랫소리는 내 마음에 쏙 든다
낯선 사람이 왔는지 알을 낳았는지 모르겠지만
닭장에 암탉도 울고 수탉도 우네
세상이 어떤 노래를 부르든
삶은 쉼 없이 흘러가고
세상 만물은 세월에 몸을 싣고
제 모양대로 사기들 원하는 것을 찾아
시간에 노를 저어 기억 뒤편으로
미끄러져 가는 것 같다

2024. 8. 6.

번개 천둥 소리

팔월의 땡볕 햇살이 뜨거워
열 받은 자갈이 그늘을 찾아 굴러간다
정오를 지난 폭염이
안하무인으로 난동을 부릴 때
눈사람같이 커다란 소나기구름이
산마루에 올라서면
꿀 빨려 개미 떼 몰려가듯
잔 구름이 뒤따르고
모여든 구름과 태양은
한바탕 전쟁을 치른다
태양을 포위한 구름은
하늘 가득히 덮고
청개구리 기우재 주문에
구름을 가르는 번개 빛의 칼날에
천둥소리는 하늘과 땅을 찢어 놓는다
천둥소리에 찢어진 구름은
소낙비를 내리쏟고
땅바닥에 튀긴 빗방울은
물장구를 쳐댄다
반복되는 번개 천둥소리에
놀란 개구리는 오금이 저려

입을 다물고 배짱 좋은 매미마저
겁이 나 나뭇잎 아래로 숨는다
한발 한발 더 가까이 다가오는
번개 섬광에 놀라고
더 가까이 떨어지는 천둥소리에
놀란 간은 천장에 붙었다
땅에 떨어졌다
정신 줄을 빼놓고
한낮에 세차게 내리는 소나기는
빗소리에 놀라고 번개 천둥소리에도 놀라고
등골이 오싹해 여름 더위는
어디에 숨은 줄도 모르겠네

2027. 8. 7.

칠월 칠석

시간만 되면 늘 함께 놀던 달빛도
부모 따라 은하수 강 축제로
여름휴가를 떠나고
견우직녀가 만남에 축제를 벌이는 날
칠월칠석이 코앞이다
온 이웃이 은하수강으로 놀러 가고 없는데
남은 작은 별 하나가 집을 지킨다
모깃소리에 놀란 새벽 별빛이 울고 간 하늘
아무 소리도 들리지 않고
만물들이 잠에서 깨어나는 소리만 바스락거린다
하늘에 시계 분침은 입추를 가리키고
가을 기운은 시원한 바람을 타고 내려온다
밤공기를 식혀가는 가을 기운은
귀뚜라미알을 부화시켜
매미의 시간을 조금씩 조금씩 밀어 가고
시간이 하루하루 계단을 만들어 가면
밀물이 밀고 들어오듯
아는 듯 모르는 듯한 사이에
저녁노을같이 이쁜 가을이
조금씩 차오른다

2024. 8. 7.

벼

푸른 하늘과 같이 평평한 들녘에
칼날같이 군기든 훈련병같이 나란히 줄을 서고
이발을 하고 난 머리칼같이 키 높이가 똑같은 벼가
마음같이 너른 논에 비좁도록 빽빽이 서 있고
메뚜기 여치 나방은 천국에 놀이터인 양
매미 합창 소리에 장단 맞추어
이리 뛰고 저리 뛰고 한세월 잘 즐기고 있다
큰 뜻을 품은 선비 모양
벼가 꽃봉오리를 불룩하게 품고 때를 기다리고 있다
누룽지 같은 고소한 향을 흘리면
그냥 무심코 지나가던 곤충들
숭늉 생각에 가던 길 멈추고
행여나 떡고물이라도 떨어져 있는가 하고 뒤돌아보게 만든다
시원한 소낙비 한줄기면 용이 승천하듯
빗줄기 따라 수탉 목청 뽑듯 꽃대를 길게 뽑아 올릴 텐데
시간을 채우는지 말복 절기를 기다리는지
모르겠지만 꾸물거리고
이제나저제나 농부에 마음은 기다림에 애가 타는데
여유만만한 벼는 땡볕 사이로 가을 길을 만들어 오는
시원한 바람을 파도타기 놀이로 즐기고 있네

2024. 8. 8.

가을배추

나무 그늘 매미 노랫소리에
무대뽀로 밀고 들어오던
팔월에 땡볕은 깜짝 놀라
땅에 부딪혀 물보라 흩어지듯 부서지고
바람에 밀가루 날리듯
햇살 부스러기가 양 사방으로 흩날려 가니
오늘도 덥다 더운 날 신난 것은
물놀이하는 아이들과
논벼밖에 없는 것 같네
올벼 심은 논에 나락꽃이 활짝 피었다
부는 바람에 어깨동무하고
둘 아닌 하나의 동지애로
파도타기 놀이에 기가 살아나
고개를 살래살래 흔드는 것이
보는 사람도 따라 기운이 솟네
오늘도 인생 그 무엇인가를 찾아
열심히 곡괭이질 해보자
곡괭이 끝에 헛것이 걸릴지
참된 것이 걸릴지 모르겠지만
인생 열심히 산 것에 대한 후회는 없겠지
무더운 여름날 생각하면 갈대 흰 수염이

기러기 날갯짓 바람에 휘날리는
가을날이 죽어도 안 올 것 같지만
불가능을 가능하게 해 주는 것이
시간이라 난 세월을 믿고
모판에 가을배추 종자를 심으련다

2024. 8. 9.

팔월에 아침

벼 잎에 맺힌 아침이슬이
공주 귀걸이 보석인 양 반짝거리고
들 논에서 개구리 반찬으로
아침 식사를 했는지
보양식 미꾸라지로 아침 식사를 했는지
학 서너 마리가 기분 좋게
창공을 하얀 날개로
신선이 부채질하듯 살랑살랑 흔들며
앞산 솔숲으로 향하고 밤송이 매달리듯
밤나무에 매달린 매미는
철 지난 유행가를 오늘도 열심히 불러대고
장독대 뒤 그늘에서 작은 귀뚜라미 한 마리는
악보도 없이 신곡을 조용히 부르네
어제 못다 한 숙제가 있는지
고추잠자리는 이 구석 저 구석을 기웃거리고
술꾼이 술 생각에 주막집 기웃거리듯
산 넘어 하늘에 흰 구름이
소나기 한줄기 생각이 있는지
노름꾼 노름판 기웃거리듯
스멀스멀 모여들고 있네

2024. 8. 10.

가을이 오는 소리

눈물이 앞을 가린 것처럼
안개가 춤추듯 달려오는 것처럼
새벽에 밝음은 땅을 적셔오고
그 누누함이 잠을 깨운다
꿈길을 그림자 같이 밟고 오는
그 소리를 찾아
창을 열고 살금살금 기어가면
입추 지난 절기라고
열대야가 밤을 설치고 억지를 부려도
바위틈에 샘물 졸졸 흘러나와 노래하듯
묵직한 어둠 밑에서 귀뚜라미 한 마리가
당당하게 부르는 가을 노랫소리가
곱게 눈 내리듯 그 느낌 가슴에 쌓여가고
청아한 노랫소리는 누구에게 배웠으며
어떻게 계절에 흐름을 알았을까?
알아갈수록 신통방통한 자연에 오묘한 세상
그 위대하고 장엄한 하늘과 땅이 벌이는
묘수 한 수는 인간이 도저히 따를 수 없음을
환갑을 살고 난 후 알 수 있었네

2024. 8. 11.

팔월에 엽서

구름은 창공에 그림을 그리고
햇살은 땅에 그림자로 그림을 그린다
매미 소리는 무더운 팔월에
하루를 조각하고
허공에 학 한 마리는 한 자루 붓이 되어
보이지 않는 그림을 자유롭게
색을 입혀 나아간다
청산을 나선 호랑나비 두 마리
앞서거니 뒤서거니
나풀나풀 나르며 사랑을 희롱하고
청춘에 이야기로 가득한 들녘에
벼들이 옹기종기 모여 앉아
가을날을 이야기할 때
그 이야기 소리가 궁금해
고추잠자리는 낮은 비행을 하고
커피 한 잔에서 우러나오는
고소한 향기가 코끝을 간질거리며
애태우고 몸은 그 느낌 알아차리고
뜨거워서 못 먹고
침만 꼴까닥 삼키네

2024. 8. 11.

좌충우돌 하루

칠월 칠석을 지난
음력 칠월에 반달은 사랑에 믿음으로
마음 살을 통통히 찌워가고 있다
새벽 귀뚜라미는
새 시대가 오고 있음을 알린다
새벽녘부터 이래볼까? 저래볼까?
망설이던 흐린 날씨는
비가 올 듯 말 듯 하다
매미 소리에 혹해 햇살이 점점 가닥 수를 늘려가고
더위는 물이 끓어오르듯 부글거린다
놀부 마음같이 진실인 포도 알갱이 흑심은
깊이를 모를 만큼 짙어간다
팔월에 무더위는 공짜라고
더위를 마구 풀어먹이고
뒷구멍으로 곶감 빼 먹듯
땀방울을 속속 빼 먹는다
더위 먹을라
매미 울음소리에 귀먹을라
우당탕 시끄럽게 오늘 하루도
좌충우돌로 굴러가는구나

2024. 8. 12.

팔순 잔치

책장을 넘기듯 하루 한 달 일 년을 넘기다 보니
어느 순간에 팔십 번을 넘겼네
살아보니 항상 현재의 시간은 힘들었고
내일의 시간은 어떻게 될지 몰라 불안하고
부담 없는 지나간 추억의 시간은
아름다웠네
다사다난했던 세월이 강산을
여덟 번이나 둔갑하게 하고
꽃봉오리같이 이쁘고
새싹같이 생동감이 있던 내 얼굴도
세월이 지나가며 새기고 간
잔주름을 이어가면
저 강물 길이만큼 길겠지
일가친척들 동네 친구들 다 모아놓고
자식들이 차려주는 팔십 회
생일상을 받고 보니
일생에 가장 행복한 날이네
이 세상에 여행 온 지 29,200일째
참 길기도 하고 짧은 세월을
하루하루 염주 알 꿰듯 매달아 보니
이쪽을 보면 대단한 역사이고

저쪽으로 보면 큰 의미가 없네
세상을 다 살고 봐도
인생은 처음이나 끝이나
알 수 없는 수수께끼로구나

2024. 8. 12.

인 내

강나루 모래알을 쪼갤 듯이
햇살은 아낌없이 퍼부어대고
뒷집 할매, 할배는 언제 와서
고추를 따 넣었는지
건조기 돌아가는 소리가
기차 소리를 낸다
나는 오늘도 무더위가 감당이 안 되어
더위 몰래 살짝 에어컨이 부채질하는
그늘 아래로 숨는다
옛말에 권불지세 십 년이고
하물홍은 십일홍이라 했는데
좋든 싫든 시간 앞에 장사 없고
내일 말복 다리 건너고
그다음 징검다리가 처서인데
올 더위도 처서에서 헛다리 짚어
세월 강물에 빠져 죽을 팔자라서
죽은 듯이 조금만 참으면 반가운 손님
가을이 손잡아 줄 것 같네
땀방울 뽑아내듯
화분에 심어 둔 꽃나무와
땡볕이 즐기는 게임에 지기만 하는지

놀음판에 돈 잃어 가듯
알게 모르게 시들어 가고
물주인 내가 그 빈 주머니
채워주러 화분에 물 주러 간다

2024. 8. 13.

귀뚜라미와 나

시냇물 흘러가듯
뒤 물결이 앞 물결을 밀어가듯
산 넘어 먼 곳에서
한 발 두 발 다가서는
아침 햇살과 어둠이 줄 당기기를 하고 있다
빼앗으려는 자와 지키려는 자와
힘겨룸에 결국 힘센 젊은이가 이겨 먹고
생로병사 윤회의 수레바퀴는
오늘도 변함없이 잘 굴러간다
바다 밑바닥같이 고요한
새벽 언덕에 귀뚜라미 두 마리가
새끼줄 꼬아가듯
조화롭게 주거니 받거니
대화하듯 가을 노래를 부르고
새벽 운치에 딱 어울리는 짝
솔솔 부는 바람에 숯불이 타오르듯
반짝거리는 새벽 별빛을 찾아보니
대기 오염 탓에 한여름 밤에
아이들 눈동자같이 초롱초롱한 별빛이
부르는 노랫소리는
그 어디에서도 들을 수가 없네

새벽녘에 나는 아름답던 추억을 찾아 뒤지고
아직도 삶에 윤회를 못 놓고
보고픔에 그리움으로
마음에 한을 키워가고 있다
못 잊어 하는 그 마음이
가슴에 사무치거들랑
힘들어하지도 말고 그 마음 움켜쥐지도 말고
한순간에 탁 놓아 버리라고
시간이 법문에 한 소리 들려주고
떠나간 마음은 미련은 남아도
그리움은 사라져
마음에 병으로 남지 않는다고
한소리 더 붙이네
풀잎이 이슬을 불러 모으듯
귀뚜라미 소리는 항구에 등댓불이 되어
먼 곳에서 오고 있는 가을을
어둠이 찾아들어도 놀이에 빠져
집으로 안 돌아오는 아들을 찾아
동네방네 부르는 엄마의 목소리같이
애절하게 부른다

2024. 8. 14.

말복

오늘도 아침햇살은 약속 시간을 지키고
오동나무에 붙은 부지런한 매미는
오늘이 말복임을 생일날인 양
동네 사람들 다 듣도록
자랑을 해댄다
몸단장에 공이 많이 들었는지
예쁜 나비가 늦은 아침 식사라도 할 요량으로
꽃을 찾아 양반네들 산보 가듯
느긋하게 출근길을 나서고
잃어버린 물건을 찾는지
기다리던 짝지가 약속 시간이 늦은지
잠자리는 벌써 몇 번이나 한곳을 맴돌고
처마 끝 한 모퉁이에 사는
개미네 오늘이 더위의 마지막 고개 말복이라고
몸보신이라도 할 마음인지
이고 지고 오일장터로 가는 길이
아이들 소풍 길 같이 신이 나 보이네
매미 소리가 커갈수록
햇살은 더 따갑게 내리쬐이고
시간은 무게를 더해간다

2024. 8. 14.

하루살이 인생

세상사 살아보니 알겠더라 용쓴다고 안 될 일이 되고
될 일이 안 되는 것이 아니더라
짜인 각본대로 연극무대의 배우처럼
때에 맞추어 그 시기에 딱 맞게
세월에 시계는 돌아간다는 것을
낮에는 매미가 여름을 지키고
밤에는 귀뚜라미가 가을을 부르고 있다
말복은 지났지만 이러나저러나
낮에는 폭염으로 덥고 밤에는 열대야로 덥다
사람들 마음이 변해서 그런지 날씨도 너무 많이 더워졌다
말복도 지나고 해서 계절은 약간 가을 쪽으로 기운 듯싶은데
무더위는 놀부 심보로 오늘 아침부터 사골을 우려내듯
땀방울을 알뜰히 짜내고 있다
힘들고 어려운 길은 누구나 피하고 싶은 것이 인지상정인데
세상 사람들 모두 다 마음 합해도 하늘에 기운
이길 수가 없구나 그저 흘러가는 물처럼 막아서면 기다리고
바람이 밀어주면 나아가고 있는 듯 없는 듯
모나지 않는 삶을 살라고 한 수 가르쳐 주는 것 같네
계절을 사이에 두고 빼앗고 빼앗기기로
시간 따먹기에 신이나 세상이야 어떻게 돌아가든 관심 없고
그저 하루살이 인생을 살고 있구나

2024. 8. 15.

천지 삐까리네

초승달이 별빛을 주워 모아
주머니가 두둑할 때
나는 저녁 산책길 한 바퀴로
건강을 주워 온다
토끼같이 초저녁잠 한숨 자고 나면
시간은 어둠 짙은 한밤중이라
세상 만물이 꿈속에서
아무도 몰래 금이라도 캐는지
아무런 미동도 없고
수많은 생각들이 불나방 불빛 찾아들 듯이
어둠에 울타리를 넘어
나는 싫은데 제집 드나들 듯하고
알사탕 까먹듯 이 생각 저 생각
다 맛보고 나면 단것에 다리어
속이 불편한 듯 올무에 걸린 곰 발악하듯
지루함이 좀을 쑤시면
옥상으로 올라선다
거리에는 개미 새끼 한 마리 없고
홀로 지키는 가로등 불만 심심해 죽는데
어둠 한 모퉁이에서
어디 갔다 언제 왔는지

귀뚜라미 한 마리가
심심한 가로등에 말벗이 되어
속닥속닥 이야기를 나누며 인연을 이어가고
나도 그들의 대화에 끼어들어
사람 사는 이야기며
내가 원하는 세상사를 이야기하면
어쩌면 자기들이랑 생각이 같으냐고
감탄하며 가을이 마지막 낙엽을
쓸어 담을 때까지
밤마다 만나 천일야화같이
재미 난 이야기를 하나씩 하기로 해
잠 안 오는 이 밤도 이제는
외롭지 않게 되었네
세상 모든 것이 내 마음속에
있기도 하고 없기도 한데
보는 눈에 따라서
보이기도 하고 안 보이기도 한
세상에 숨은 비밀이야기
행복 그거 알고 보면
내 마음속에 천지 삐까리네

2024. 8. 16.

희 망

어제저녁에는 금방이라도
큰비가 올 듯이 먹구름이 모여들고
번개 천둥소리가 요란해서
비 올 줄 알고 서둘러 길목이다 하고
빨랫줄 아래위로 거미가
그물을 쳐 놓았는데 비 한 방울 안 오고
하루살이 날파리도 한여름 밤
공연 구경 갔는지 데이트 갔는지
한 마리도 안 걸려들어 헛방이네
아이구야 거미
날씨도 덥고 매미는 약 올리듯
"나 잡아 봐라" 하고 요란하게 우는데
헛침만 꼴까닥 삼키고
오늘 하루 종일 쫄쫄 굶게 생겼네
세상사 한 치 앞도 모르는 것이
사람이나 짐승이나 똑같구나
몰라서 그래서 재미있는 세상 아닌가?
화투장 뒤패 모르듯 모르는 것이
기대감 희망을 낳고
그 희망이 세상을 살아가는 힘이 되기에
희망은 인간이 가지고 있는 최고에 선물이다

2024. 8. 16.

행복 하나

아침햇살은 연인에게 온 편지를 개봉하듯
하루를 개봉하고
구름은 연적처럼 막아서고 시비를 건다
해시계의 작동으로 시간은 오늘 하루도
알콩달콩한 이야기를 씨앗 뿌리며 시작한다
새벽부터 부지런한 사람들이 제 몫 다 챙겨가고
느림보 백수 몫만 허접하게 남아있구나
보기에는 허접해도 돌멩이 속에
금도 들고 은도 들어 있듯이
진흙 속에도 보석이 있다
언제 어디쯤 어느 곳에
무엇을 얻을까가 문제의 핵심이다
속도가 만능이 아니고 선택이 문제다
원하는 곳에 낚싯줄 잘 던지면 월척도 문제없다
더위가 천지 강산을 다 덮어도
시간이 뒤돌아 가든 말든
다른 사람들이 욕심에
이고 지고 안고 가든 말든
나는 달랑 행복 하나 주워 갈란다
그대여 오늘도 행복하시게

2024. 8. 16.

하루 종점

무더운 여름날 광복절 만세 소리는
누구의 노랫소리인가?
자유를 원했고 원했던 자유가 성취되어
그 기쁨에 표현이 만세 소리가 아닌가?
더위에 해방되었다고?
열대야가 지금도 내 땅이라고
고집을 부리는데
말복 지난 두꺼운 밤 그늘 아래서
귀뚜라미는 시원한 가을이 왔다고
만세 노래를 부르고 있다
내가 보기에는 현실은 낮에도 덥고
밤에도 더운데
어쩌다 부는 시원한 밤 그늘 바람
한 자락 잡아 놓고 더위로부터 해방되었다고
만세놀이를 즐기고 있는데
달빛은 어디로 줄 설까? 고민 중이고
낮 햇살은 확실히 여름 매미 편인 걸 보면
더위로부터 독립운동을 하고 있는 듯싶은데
귀뚜라미는 자기 생각이 옳다고
친구들까지 데리고 와 오늘 밤도 시위하고 있다
귀뚜라미들에 의지는 꺾을 수 없는 확신으로

꽉 차 뭐라고 딴소리는 못 하겠네
오늘 밤도 울퉁불퉁 찌그러진 바퀴 굴러가듯
말도 많고 탓도 많은 하루가
종점을 몇 발 앞에 두고 여유로운
걸음을 걷고 있네

2024. 8. 17.

덥다 더워

물레바퀴 돌아가듯
삐거덕 소리를 내며 시간은 힘겹게
조금씩 세월을 밀어 가고
등 떠밀려가는 세월은 정신을 못 차리고
시간을 거슬러 가는지 바로 가는지도 모르고
말복 지난 매미 소리는
양 사방에서 중구난방으로
한창 때 같이 청춘에 열정으로
활기차게 더위를 응원하고
응원가에 힘이 불끈 솟은
뜨거운 태양은
온 누리를 꽉 채우고 천하를 호령하는데
아무도 맞서지 못하고
땡볕 햇살에 뭇매 맞아
속 골병이 든 포도송이만
멍이 들어 까만색으로 짙어 갈 뿐
모두 다 꿀 먹은 벙어리네
부채를 들고 나무 그늘로 숨어들든지
에어컨 앞세우고 맞서든지
양 갈래 길이네
세상사 모든 일은 시간이 해결하는 것

내일모레가 처서 절기가 대기하고 있으니
더위가 아무리 억세도
한풀 꺾여 들겠지
그늘 밖에 나서면 기름집 기름 짜듯
땀방울이 줄줄 새어 나오고
숨은 물 밖에 나온 물고기 모양
헐떡거린다
세월도 너무 오래 살아서
치매가 왔는지 말세가 왔는지
절기도 몰라보는 것 보니
큰일이네
산 덩어리같이 커다란 구름은
천지개벽이라도 할 듯이 일어나
강 건너 불구경하듯
구경만 할 뿐
소낙비 한줄기 할 줄 아는
눈치도 없네

2024. 8. 17.

가물다 가물어

복이 많은지 때를 잘 만났는지
밤낮으로 물심양면으로 밀어주던
장마철 비 덕분에
기세가 올라 위풍당당하게
천하에 주인이 누구냐고
큰소리치던 잡초도
팔월의 태양이 하루하루 허리띠를 조여오니
갈증에 목이 말라 두 손 들어
항복하고 파리 손 비비듯
잎을 배배 꼬아 들고
물 한 모금 나누어 주라고
매일 같이 읍소를 해 보지만
소나기구름은 짙어졌다 엷어졌다
약 올리듯 손장난을 부리고
장난감을 주웠다 빼앗았다
하는 힘센 친구의 갑질처럼
가짜 번개 천둥만 치고 갈증 나게
닭 모이 주듯 비 한두 방울 내리는 시늉만 하고
애간장을 다 녹여낸다
가뭄에 땅은 거북 등 그림을 그리고
나뭇가지에 붙은 매미는 소나기 한줄기

오라는 것인지 아닌지 알 수 없는 노래만 부르고
땀 물 빼고 빨랫줄에 걸어 놓은
일복은 한나절도 안 되어
마른 명태같이 뻣뻣하게 말라 있네

2024. 8. 17.

낮잠 한숨

더위는 쥐구멍을 지키는 고양이처럼
문밖에 눌어붙어 나오면
잡아먹을 듯이 달려들어 땀방울을 짜내고
그렇다고 온종일 에어컨 밑에서
염불도 못 외우고
지루해 바람도 씌울 겸 마당에 나서면
독 안에 든 쥐 잡듯이
햇살의 집중포화가 쏟아지고
구관이 명관이라고
금세 에어컨 방으로 쫓겨 들어 온다
무더운 팔월의 더위에
후광을 입은 태양은 천하무적이 되어
강렬한 햇살을 퍼부어 매운맛을 보이고
호기롭게 한나절 물놀이를 즐기고 온
손주 녀석 얼굴이 햇빛에 고루고루
잘 그을린 것이 훈련병
군인 아저씨처럼 야물어져
딴 모습으로 변해 웃음을 자아내고
더위 몰래 선풍기 틀어 놓고
대청마루에 누워
낮잠이라도 한숨 자려고 하면

옛날 시어머니 용심에 며느리 편한 꼴 못 보듯이
어느새 찾아와 놀부 심보로
심술을 부리며 잠을 깨운다
어정쩡하게 자다 만 낮잠은 피곤해
누구에게 실컷 맞은 듯이
몸과 마음이 찌뿌둥하구나

2024. 8. 17.

생과 사의 차이

하늘에 구름은
소 등을 타고 가는지
호랑이 등을 타고 넘는지
느릿느릿하게 태산을 넘나들고
점심을 먹고 난
뒷산 그늘이 목을 길에 빼고
기다리는 줄도 모르고
말복 지난 팔월에 무더운 태양은 눈치도 없이
얼른 서산마루로 안 올라서고
뒷산에 선 소나무 솔잎 하나하나 다 헤아려보고
느릿느릿한 발걸음을 옮기네
오후 햇살이 가로로 누우니
오늘 하루도 원도 한도 없이
노래를 불렀는지 매미 소리 뜸하고
저녁 끼니 찾아 나서는지
잠자리 몇 마리 왔다 갔다 거리고
나뭇잎 밑에서 망보던 거미 사냥꾼은
잽싸게 거미줄을 친다
저녁거리 구해 거미줄에 안 걸리고
무사히 귀가하면 잠자리 살 복이고
거미줄에 걸리면 거미가 횡재수이겠네

똑같은 시간을 앞이 두고
같은 길이 아니고 반대의 길도 있으니
매일 살아있는
그 자체가 기적이네
한 치 앞도 모르는 시간이
생사를 가르겠구나

2024. 8. 17.

공 상

반짝이는 별빛 따라 새침데기 초승달 따라
무작정 시간은 어둠에 여행자를 태우고
모험 길에 나서건만
한눈팔고 잠시 딴생각하는 동안에
온다 간다 말없이
초승달은 뜬구름 사이로
몇 번 숨바꼭질하더니
어느 구름에 꼬드겨 묻혀 갔는지
꼬랑지도 안 보이고
새벽에 도착하고 보니
같이 떠나온 여행자는
하나, 둘 소리 소문 없이 다 내리고
새로운 손님이 대기를 하고 있구나
새벽 별빛이 낭만을 땅에 풀어 놓으면
땅은 장단이라도 맞추듯이
실안개를 피워 올린다
귀뚜라미는 가을 소리로 내 마음에 묵은 감정을 흔들어
시간 속에 고요히 묻혀있던
조용한 인연 실타래를 풀어내면
고구마 줄기 따라 고구마 캐듯
머릿속은 인생 기억 속에 추억으로

알맹이 맺어 있는 생각들을 끄집어내고
그 생각들이 참깨 가지 벌 듯
가지에 가지가 벌어 날이 새도록 쌓여가니
상상의 시작과 끝은 어디에서 어디까지인지
그 깊이를 알 수 없어 헤맬 때
새벽닭 우는소리
등대 불빛 삼아 상상에 미로를 빠져나오네

2024. 8. 18.

고추 따기

이른 새벽밥을 먹고 고추 따러 간다
대문 기둥같이 튼튼한 몸통에
정자나무 같이 가지를 양 사방으로
우산 펼치듯 펴고
비 온 날 논 물꼬 밑에 물고기 몰려있듯
윤기가 차르륵차르륵 흐르는 싱싱한 고추가
발 디딜 틈도 없이
사월 초팔일날 청사초롱 등을 매단 듯이
총총히 매달렸구나
가만히 바라만 봐도 좋은데
포대기를 차곡차곡 채워오는 수확에 기쁨은
말로 표현이 부족하다
고추 풍년에 마음도 풍년이 들어
기쁜 마음으로 수확하니
처음에는 하나도 힘 안 들더라
팔월의 뜨거운 태양이
반나절 햇살을 무한정 실어 부으니
이젠 더위에 눌러 압사당할 지경이라
시간이 일 분 일 초 더할수록
땀방울은 빗방울을 우습게 보고 떨어지고
갈증은 마른 논물 빨아 먹듯이

욕심을 부리고
더운 기운이 턱밑까지 밀고 올라와
나의 의지를 물어오고
태양에 열기 내 몸에서 내뿜는 열기가
부딪혀 인내의 한계치에
빨간불이 왔다 갔다. 신호를 보내고
이 상태로 계속 가면 일사병으로
더위 먹고 죽겠다 싶어
만사 내팽개치고
삼십육계 줄행랑을 놓아
찬물에 땀 씻어내고
시원한 에어컨 바람 씌우며
달콤한 얼음 커피 한잔하면 이런 천국 세상
그 어디에도 없다
지금 행복한 순간을 천금을 주고 사리
만금을 주고 사리
나는 지금 이 순간이 이 세상에서
제일 행복하다

2024. 8. 18.

하루 연극

새벽안개가 어둠을 싣고 떠난 대지에
아침 햇살은 뭉텅 물감을 찍어
그림을 그린다
집도 그리고 나무도 그리고 날아가는 제비도
그림자로 그린다
깨알같이 아기자기 재미있으라고
개미 새끼와 같이 꼼지락거리는 사람도 그려 넣어
구색을 갖추어 간다
세상이 벌리는 연속극 재미있으라고
희로애락 양념도 적당히 뿌려가며
하루를 잘 익혀가고 있다
극적인 반전에 재미로 인간의 감정에 줄을
당겼다 놓았다 하며
오욕칠정에 감정표현으로 살아 있음을
진심으로 느끼도록 훈련한다
모두가 함께 돌려야 굴러가는 세상 이야기
기계 부속품처럼
봉선화는 화단에서 벼는 논에서
참새는 울타리에 앉아서
각자의 본성대로 제자리를 찾아
세월을 열심히 밀어 가고 있다

이해 충돌로 서로 상생하며
때론 상극이 만나 투쟁도 하고
이 세상 모든 일은 조물주가 짜여준 각본대로
시간이 부르는 대로 부르는 시간에
출연해 시키는 일하다
퇴장시키면 물러나는 것인데
오늘도 번민하고 고뇌에 쌓인 사람은
자기가 시간에 부름을 받은 세월에
한 조각 연극 배우인 줄도 모르고
감독인 줄 착각하기 때문에 벌어지는 일
자기 본분을 잘 알면 오늘도
행복해진다

2024. 8. 19.

커피 친구

심심해 아무런 의미도 없이
백수의 시간 보내기로 마시던 아침 커피도
몇 해를 지나고 보니
카페인에 유혹인지 습관처럼
굳어버린 일상인지 몰라도
이제는 맛을 아는 것인지
팬이 되었는지
쓴맛 속에 구수함을 느낄 수 있다
물론 착각일 수도 있지만
마시다가 가만히 잔 속을 살펴보면
무슨 특징이 있는 것도 아닌데
그 까만 속마음 눈으로 알 수 없고
후각과 미각이 합심해
복합적으로 느낄 수 있는 이 맛
끌리는 것도 없는데 싫어지지 않는
평범한 맛이지 싶은데
남들 따라 한두 번 하다 보니 습관이 되고
그 생활이 반복되어 오래되다 보니
골수팬이 되는구나
세상맛 중에 제일인 단맛을 제쳐놓고
쓴맛 신맛이 인기가 있는 것은

커피밖에 없지 싶네
기분 좋을 때도 기분이 우울할 때도
술 대신할 수 있는 친구
누가 언제 어떻게 만들었는지 모르겠지만
먹다 보니 불편한 맛 하나씩 개발해
방법을 바꾸어 대를 거쳐 오는 동안
정답이 되어
오래된 역사와 전통은 큰 힘이 되어
아무나 무시하고 넘을 수 없는
보이지 않는 벽을 만들어
기호식품 제일봉에 우뚝 선 것 같네
커피야 오늘 네 이름을 불러보니
친구 이름 같이
쉽게 불러볼 수 있어 좋네

2024. 8. 19.

오이냉국에 농주 한 잔

화롯불에 달구어 놓은 자갈같이
맨발로 땅을 밟으면
물방울이 피아노 건반을 누르듯
뜨거워 소리를 지른다
어제 실어다 놓은
태양의 햇살을 만물이 다 나눠 먹고도 남아
열대야로 남고
오늘도 무진장으로 실어 놓으니
햇살마저 더워서
체면이고 뭐고 다 던져버리고
시원한 나무 그늘을 찾아든다
그래도 생업이 농부라
참깨밭 고추밭에 어쩔 수 없어
일 좀 하고 나면
땀은 비 오듯 쏟아지고
옷을 다 적힌 땀은 고드름 녹아내리듯
똑똑 내 발등에 떨어진다
물에 빠진 사람 물 먹듯
더위에 빠져 뜨거운 열기 몇 번 마시면
헛배 차오르듯
숨이 차올라

팔월에 열기는 인내의 임계치를 묻고
나의 답은 강가로 삼십육계 줄행랑이다
대장장이 쇠 담금질하듯
강물에 풍덩 뛰어들면
몸으로 전해오는 시원함은
천국에 행복을 맛보이고
더운 열기가 강물에 씻겨 나가니
배꼽 시계가 점심때를 알리고
돌아와 오이냉국에 밥 말아
도깨비방망이 두드리듯
한 그릇 뚝딱 하고
금상첨화로 농주 한 잔으로 마무리하고 나니
친구만큼 친근한 낮잠이 한숨 청하니
천자도 안 부럽네

2024. 8. 19.

인생은 빈 그릇

시간은 지나온 기억을 세월에 담고
마음은 세상일을 담는 그릇이 된다
좋아하는 예쁜 마음을 키우면
사랑이 되고
싫어하는 마음을 키우면
미움이 된다
이것도 관심 없고 저것도 미련 없으면
마음은 빈 그릇이 되어
오고 감이 자유롭고
시간이 밤낮을 쉼 없이 달려가니
어느 순간 모든 것을
딱 놓아야 할 시간이 오면
오랜 세월 동안 모아온 마음 그릇에
담겨 있는 것들을 찾아
쇠 힘줄보다 더 질긴 인연 줄을 잡아당겨
얽히고설킨 물귀신 같은 미련 때문에
울고불고 마음이 안 편안하다
이 세상 어느 물건도 저세상에 가져갈 수 없다
세상에 있는 물건은 누구의 소유도 아닌
공유물이라 이곳에서 가지고 놀 수는 있어도
저세상으로는 가져갈 수 없다네

이 세상 여행길 올 때
빈 마음으로 왔듯이
갈 때 또한 빈 마음으로 가야
저세상 문지기가 대문을 열어 준다네
나이 들어 깨닫고 보니
혼자 왔다가 함께 어울려 가다가
홀로 떠나가는 것이
인생이란 걸 알았네
세상을 살 만큼 살고 나니
혼자 되는 연습이 필요하다는 걸 알았네
외로움이 고독이 아니라
마음에 인연의 비움이고
인연의 해탈이 집착의 해방이라
아무것도 없는 빈 마음에 그릇은
앎에
깨달음이네

2024. 8. 20.

가을을 부르는 비

어젯밤 별도 달도 가린 구름은
가을을 부르는 귀뚜라미 소리에 녹아
밤이 새도록 어둠을 씻어 내리고
아직도 흥이 남았는지 미련이 남았는지
고운 채로 친 듯이
이슬비가 엄마 품에 잠든 아기 숨소리같이
사부작사부작 소리 없이 내리고
소나무 꼭대기에 앉아 기분 좋아
날개를 펄럭이며 춤추는 학같이
산안개는 엄마가 불러주는
자장가 노랫가락처럼 부드럽게
구름이 내민 손 잡고 하늘로 빨려 올라간다
팔월에 무더위에 밤낮으로 시달리던
시들시들하던 꽃잎도 밤비에
물 한 바가지 얻어 마시고 생기가 돌아
나비가 날갯짓하듯
꽃잎을 활짝 펴고
수정같이 맑은 물방울을 여의주인 양
귀하게 입에 물고
비 내리는 아침을 맞이하고 있네

2024. 8. 21.

제비의 죽음

계절을 재촉하는 가을비는 새벽부터 오락가락하고
봄철 새끼를 낳아 키워나갔던 제
비 가족이 전깃줄에 앉아 요란하게 지저귄다
말은 안 통하지만 느낌으로 뭔 일이 있구나 싶네
안 오던 집을 찾아온 것이며
아침부터 다툼인지 넋두리인지 왈가왈부하더니
갑자기 모두 다 침묵을 지키고 있어
이상하다 싶어 나와서 마릿수를 헤아려보니
봄날보다 두 마리가 모자라네
아마도 밤사이에 포식자에 습격으로
두 마리가 희생되었나 보다
사람이나 짐승이나 위급하고 놀라면
안전한 장소로 피난 가듯 그래서 피난 왔구나
살다 보면 예상도 못 한 감당 못 할 어이없는 일들이
일어나나 보다
살아가면서 하루쯤 앞날을 알 수 있으면 좋을 텐데
잡아먹고 잡아먹히는 것이
자연에 법칙이라
힘의 세계가 지배하는
세상 현실이 서글프네

2024. 8. 22.

절기

비 온 뒤 죽순 크는 소리에 개가 짖는다
그냥 크면 약해서 쓰러질까 봐
마디가 생겨 안 부러지듯
계절도 세월이 너무 빨리 달아날까 봐
절기라는 매듭을 맺어놓고
달아나는 속도를 조절한다
더운 여름은 태양에 기운이 넘쳐
거센 파도같이 가을 경계선
입추를 지나 말복을 지나고 처서까지 밀고 들어와
가을 기운이랑 힘겨루기를 즐기고
태풍의 장난으로 처서 날
태평양에서 자리 잡고 놀던 큰 구름이
영문도 모른 채 등 떠밀려 들어와
짐이 무거워 높이 못 날고
산에 부딪혀 산산조각 깨지고
날벼락 맞은 산봉우리는
먼지를 폭삭 뒤집어쓴 듯
형체도 못 알아보겠네
조각난 놀란 구름은
아는 듯 모르는 듯 삼십육계 줄행랑을 놓고
숲속에서 그 벌어진 틈 사이로

가을바람이 들녘을 적신다
물결 차오르듯 어둠이 차오르면
종이배 강물에 떠다니듯
가을을 알리는 귀뚜라미 소리가
귓가에 물결이 일고
가벼워진 가슴에 구름 사이로
만월에 청춘을 지난달을 바라보고 있네

2024. 8. 22.

세상은 아름답다

들녘을 가로지른
새로 포장한 아스팔트 길은
가슴 시원하게 달리고 싶은
욕망을 자극하고 논바닥이 안 보일 정도로
꽉 차 활짝 핀 벼 이삭은 풍년을 약속하고
논둑 나뭇가지 그늘에 앉은
참새가 방긋 웃는다
풀섶에 나락 섬 같이
탱글탱글한 호박 덩어리가
아침 바람 가을바람에 몸을 뒤척이고
가는 여름이 아쉬워
더위 뒤 꼬랑지 잡고
한양 가는 님 이별이 아쉬워
눈물짓는 여인처럼
매미는 한으로 새기는 이별에
긴 목소리를 뽑아내고
이슬 젖은 아침 햇살을 밟으며
꽃 따러 가는 나비 날개는 사뿐사뿐 가볍다
여름 햇살에 단련이 되어
힘이 오른 밤송이는
불쑥불쑥 얼굴을 내밀고

길가에는 고난을 이겨낸 잡초들도
하나둘 꽃봉오리를 맺어
한 해를 순서대로 잘 마무리해 가고
계절은 이렇게 천천히 가을을 맞이하고 있나 보다
강둑에 핀 달맞이꽃이
아침 이슬을 머금고 있는데
마음을 열고 가만히 바라보니
부드럽고 선명한 노랑 꽃잎은
말로 표현을 못 할 정도로 참 이쁘네
유월에 피고 진 망초 꽃대를
촛불 타오르듯 부드럽게 타고 올라
기세 좋게 피어 있는
파란 나팔꽃도 꿈이 있어 이쁘고
가는 계절도 이쁘고
오는 계절도 이쁘다
백지에 그림을 그리듯
하루하루 알뜰살뜰 색칠해 가는
인생 그림일기도 자연과 함께
희로애락을 느끼며 살아가는
우리네 하루 일상도 아름답다

2024. 8. 23.

산 그림자

온난화가 심해 이상기후라고
매일 뉴스에 단골손님으로
더운 날씨가 핫이슈다
세상 멸망 이야기가 온다 만다
소리가 동네 아지매 빨래터 소문만큼
흔하게 떠다니고
올해는 실제로 유난히 덥다
시간은 처서 강을 건너서 있는데
칠월, 팔월 땡볕 염천에
끓어 오는 태양에 열기는
대장간 쇠 달아오르듯 벌겋게 달아올라
아직도 그 열기가 덜 식어
한낮에는 여름인 양 덥고
읍사무소 재난방송에는
오늘도 폭염 주의보가 내렸으니
논밭 작업할 때 조심하라고 말하네
썩어도 준치라고 때를 한참 지나
태양이 절기를 잊은 채 정오로 올라서면
땅도 뜨거워 몸을 뒤척이고
목마른 풀잎은 시들어 배배 꼬여
누가 봐도 불쌍하게 쓰러져 있다

지나가던 조각구름 하나가
손바닥으로 햇살을 가려 그늘 드리워 주고
이래저래 견디다 보면
시간이 태양을 구슬리고 달래어
서산마루로 데리고 가면
산 그림자는 상처에 연고 바르듯
화상 입은 땅을 어루만져간다

2024. 8. 24